風はいずこへ

風はいずこより来たりて
いずこへ行くかを知らず
されど風の吹くところ
いのちが生まれる

「ヨハネによる福音書　三章八節」〜『新約聖書』

目次

序　章

大坂の落城からおよそ一年、元和二（一六一六）年四月、大御所とよばれた徳川家康は、それを見届けるかのようにして、七十五年の生涯を閉じた。

その遺言を託された天海上人は、藤堂高虎を作事奉行とし、下野国日光山に日光東照社の造営をはじめた。社は翌元和三（一六一七）年三月に落成し、家康の一周忌を機に、駿河国久能山に埋葬されていた遺骨は日光へと改葬され、朝廷より東照大権現の神号が授けられることとなる。

徳川幕府の安泰と恒久的平和をもたらすために、江戸城本丸から真北の北辰に位置する日光が選ばれたとも伝えられている。

ちょうどその頃、日光からおよそ六里を隔てた足尾では銅の採掘が本格化し、やがて寛文の頃になると、「足尾千軒」といわれるような、大層な賑わいをみせるようになる。

足尾で産出された銅は渡良瀬川沿いの街道を陸路で運ばれ、街道の終着点である上州世良田にある平塚河岸まで送られた。そこで船積みされた銅は利根川を下って、江戸へと廻送され、浅草の橋場に設けられた銭座で銅一文銭へと鋳造された。また正徳年間以降は足尾にも銭座が設けられ、「足字銭」とよばれた寛永通宝が鋳造されることとなる。

足尾から平塚河岸までの街道は、一般に銅山《あかがね》街道とよばれ、およそ十六里ほどの道筋に五カ所の宿場が置かれていた。足尾から上州沢入《そうり》宿へと抜ける大名《おおな》峠は、その二里半にも及ぶ道程が渡良瀬川の右岸沿いの絶壁を通るため、街道一の難所とされ、古文書等には「大難《おおな》峠」とも記されている。


――元和四（一六一八）年　春――


まだ雪の残る大名峠を急ぐ、一人の旅僧の姿があった。

男は、遠目には痩身の老人のように見えたが、その足取りは確かで、まるで強い意志に導かれるかのように、一歩一歩力強く進んでいた。

男は、およそ二年の間、足尾の銅山で鉱夫として働いていた。

銅の精錬は戦国の頃までは「灰吹法」という技術が用いられていたが、江戸時代になると粗銅から金銀を取り出すことを可能とする「南蛮吹き」という技法が主流となっていた。男はこの南蛮の技術に熟達しており、足尾でも一目置かれる存在となっていたのである。

男が足尾で過ごした二年余りの歳月は、彼自身の素性やこれまでの足取りをすっかり消し去ってしまうには、十分な期間であったといえよう。男がそれ以前に、どこで生まれ育ち、どこから足尾に流れて来たのかは誰も知らず、また誰も尋ねなかった。日本各地の鉱山には「友子」という鉱山特有の師弟関係があり、ひとたび杯を酌み交わせば、たとえその人物がお尋ね者であったとしても、決して役人には引き渡さないという仕来たりであったという。

男は春になるのを待って足尾を発ち、まだ処々に雪の残る大名峠を越えた。街道はそのまま赤城山の南面へと伸びていたが、花輪宿を過ぎて間もなく、男は迷うことなく進路を北へと変え、脇往還へと進んだ。

赤城の東麓を北へと延びるその道は、根利《ねり》道あるいは日光裏街道ともよばれ、利根・沼田地方と勢多・桐生方面とを結び、沼田からは蚕糸が桐生に、桐生からは絹織物が沼田に運ばれていた。

男は小出屋《こでや》峠を一里ほど下って赤城山の北面にある根利の集落へと至った。そこからは北に聳える上州武尊《ほたか》の山並みを一望することができた。

雪を頂いたその雄大な武尊の山々を、男はしばらくの間、感慨深そうにじっと眺めていた。そして逸る気持ちを抑えながら、薄根川に沿って西へと進み、「約束の地」である沼田を目指したのであった。

一

―― 寛文十三(一六七三)年 春 ――

江戸の小石川小日向《こひなた》に、大目付井上筑後守政重の下屋敷があった。

大目付が宗門改役を兼務するようになったのは、島原・天草地方で大規模な一揆が起こった直後のことである。一揆に際し、上使として九州に下向した井上が、初代の宗門改役に任命されたのが始まりとされている。

井上の下屋敷は、密入国を企てて捕縛された宣教師《バテレン》や各地で指導的な立場に当たっていた有力なキリシタン、そして「転び」を拒んだキリシタン等が収容されていた。屋敷はいつの頃からか、キリシタン屋敷、あるいは山屋敷などと呼ばれるようになっていた。

宗門改役は井上政重の後、北条安房守政房を経て、寛文十三(一六七三)年正月に三代目の渡辺大隈守綱貞に引き継がれていた。

綱貞の祖先は、酒呑童子や京都一条戻橋の鬼退治で知られる渡辺綱とされており、その父、渡辺重綱は三河以来徳川家に仕え、大坂両陣においては先鋒を務めるほどの名将であったと伝えられている。

綱貞はその六男であったが、三代家光に仕えて従五位下大隅守となり、四代家綱の時代には江戸南町奉行を経て大目付に就任する。大目付の役料一千俵に加え、宗門改役として与力六騎、同心三十人が与えられることとなる。

時は「下馬将軍」といわれた大老酒井忠清が権勢を極めていた時代であり、その配下で綱貞は、伊達騒動や越後騒動の裁定など、幕政に大きく関わる事件にも深く携わることとなる。

そんな綱貞が宗門改役の見分として、初めてキリシタン屋敷を訪ねたのは、寛文十三年の立春を過ぎた、暖かな昼下がりのことであった。

寛永の頃、筑前国で捕らえられて江戸送りとなり、今日まで生き長らえているバテレンがいるという噂を、綱貞自身も聞き知っていた。幕府が全国に禁教令を発してから、六十年もの歳月が流れ、日本国内で生き残っているバテレンは、その者ただ一人となっていた。

日本語も堪能であるとのことであったが、いざ対面するとなると、綱貞自身、多少の気後れのようなものを感じていたのである。

＊

奥座敷の障子を開けると、藍色の十徳を着用した男が平伏していた。僧侶のように短く剃り上げた白髪頭が、身じろぎもせず畳に張り付いていた。

綱貞は上座に回り込んで腰を下ろすと、さっそく男に声を掛けた。

「面を上げよ。」

綱貞の声に促され、男は臆することなくゆっくりと顔を上げた。齢七十を過ぎた、その深く刻まれた皺の一つ一つが、この男のこれまでの壮絶な人生をはっきりと物語っていた。またそれとは反対に、その奥目がちの眼差しは優しく、穏やかな光を放っていた。その余りに落ち着き払った態度は老僧のようでもあり、むしろ初めて本物のバテレンに対面する綱貞の方が戸惑いを覚えるほどであった。

「その方、名を何と申す。」

「岡本三右衛門と申します。」

男は、訛りのない流暢な日本語で答えた。

「三右衛門とやら、その方の国元での名前を申してみよ。」

「キアラ、ジュゼッペ・キアラと申します。」

男は口元に微かな笑みを浮かべていた。久しぶりに本名を名乗ることが許されたことに加え、綱貞の物腰の柔らかさに多少の安堵感を覚えたためであった。

「さて儂は、その方をどちらの名で呼べば良いのじゃ？」

「三右衛門とお呼びくださいませ。もう何十年もの間、その名に慣れ親しんでございます。」

再び三右衛門は口元に笑みを浮かべた。

「では三右衛門、まずはその方の生まれた国について、聞かせてもらおうか。」

綱貞は奥目がちな青い瞳を真っ直ぐに見据えながら、穏やかな口調で語りかけた。

「判りました。私は欧羅巴《ヨーロッパ》の地中海に浮かぶシチリアという島国に生まれました。和暦で申すところの慶長七年となります。今年で齢七十一となりました。」

「そのシチリアと申す国は、我が国と比べてどのくらいの大きさなのじゃ？」

「おおよそでございますが、四国よりは大きく、九州の半分よりはやや大きい程度であろうかと存じます。」

「その土地に住む民は何を生業としておるのじゃ?」

綱貞は見たこともない異国の風景に想いを馳せながら、興味の趣くままに問い掛けた。

「農業に適した平坦で肥沃な土地は少なく、その多くは漁業を生業としております。その他には洋酒の原料となります葡萄の木やオリーブという果樹を栽培しております。オリーブの実は食用の油を搾り取ったり、そのまま食することもできます。」

綱貞は興味深く耳を傾けながら、質問を続けた。

「さて、そのシチリアと申すところは羅馬《ローマ》という街までは遠いのであろうか?」

「渡辺様はよくご存じでございますな。羅馬までは、おおよそ百四十里余りでございましょうか。船旅と陸路で三日の行程でございます。」

「その羅馬というところはどのような街なのだ?」

「その地には、キリシタンの誰もが憧れる羅馬の大聖堂がございます。現在のサン・ピエトロ大聖堂は、およそ百年の歳月をかけて、五十年程前に完成いたしました。そしてそこには、神に最も近しい存在である教皇さまがおいでになります。」

自らが転びバテレンであるということも忘れ、多少興奮気味に、三右衛門は語って聞かせた。

「神とな？　その方が申す神と、我が国を司る神とは同じものか、別ものなのか？」

「キリシタンの神であるデウス様は、天地創造を成し遂げた創造主でございます。そして日本の神話でも高天原《たかまがはら》の神々が天地開闢《かいびゃく》をおこなったと伺っております。なれば、創造主という意味では同じ存在であるとの見方も成り立つと言えましょうか。」

「ほほう、同じとな？　バテレンたちは当初、日本で布教する際に、キリシタンの神デウスを、大日如来に置き換えて信仰させたということは、その方も存じておろう。我が国では古来より、本地垂迹説という考え方があってな、日本の八百万の神々は、インドの仏が化身した権現であると考えられているのじゃ。たとえば天照大神様を大日如来の化身とするようにな。」

「その理屈に立てば、デウス様も、大日如来も、そして天照大神も、同一と見なすことができましょうか。キリシタンの教えに〈十戒〉というものがございます。これは神がわれわれ人類に与えた十の戒めにございます。また一方で、仏教の教えにも、僧侶が守るべき戒律としての〈十善戒〉というものがございます。この両者を比べてみますと、人を殺めてはならぬ、不道徳な関係を持たぬ、嘘をつかぬ、盗んではならぬ等々、実に半数の内容が重複しておるのでございます。」

「ほほぉ、それは何とも興味深い話じゃな。続けてみよ。」

　綱貞は身を乗り出して三右衛門の言葉に聞き入った。

「中国では唐の時代には、すでにキリシタンの教えは伝わり、『景教』の名で呼ばれておりました。これを日本に伝えたのは秦氏の一族とも、唐に渡った空海禅師とも言われております。つまりはザビエル司祭が来日する遥か以前から、この国にはキリシタンの教えが伝わり、人々はそれを仏教の教えとして受け入れていたと考えるのが自然でありましょう。」

「その話は以前、儂も誰かから聞いたことがある。親鸞上人は『世尊布施論』という中国から伝わったキリシタンの経典を読んだことがあって、本願寺にはそれが秘本として伝わっているとの噂もある。まあ、あくまでも噂ということで、儂としても無用な詮索はせぬことにしておるのじゃ。」

　綱貞はしばし考え込んだ様子であったが、真っ直ぐに三右衛門を見据えながら話を続けた。

「儒教の教えに人倫というものがある。これは人として守るべき道を説いたもので、先ほどその方の説いて聞かせた〈十戒〉や〈十善戒〉にも通ずるところがある。つまりは時を超え、空間を隔てても、人の道というものは共通するということなのじゃ。キリシタンの教えが古来より日本に浸透していたと取るよりも、こちらの考え方の方が自然に思われるが、どうじゃ？」

今度は三右衛門が押し黙った。転びバテレンと揶揄され、形の上では信仰を捨てたことにはなっていたが、やはり心の奥底ではバテレンとしての自負がくすぶり続けていたのである。

「このような問答は何とも愉快じゃのぉ。ここに来る前に、その方の師であった沢野忠庵の書いた『顕偽録』とやらを読ませてもらったが、あの書物は無理矢理書かされた節があって、どうにも解らぬことばかりじゃった。やはりこうして直に話してみて、初めて見えてくるものが多々あることを実感した。また折を見て、その方を訪ねて参ることとしよう。」

三右衛門は丁寧に深々とお辞儀をした。

「三右衛門、その方はここでの暮らし向きに、何か不自由はないか？」

「ここでのお勤めには十分に満足しておりますし、過分な俸禄も頂戴いたしております。」

一

「では何か望みはあるか？」

　問い掛けに、三右衛門はゆっくりと顔をあげた。

「私がここ江戸で暮らすようになってから、今年でちょうど三十年となります。その間、様々なバテレンやキリシタンの方々とお会いして参りました。そんな彼らの口から、たびたび噂に上がる日本人のキリシタンがおります。」

「名を何と申すのじゃ？」

「東庵と申すイルマンにございます。」

「イルマンとな？」

「はい。イルマンと申すは、バテレンに次ぐ位の修道士のことでございます。上州の沼田に、東庵と申すイルマンがいたことはご存じでありましょうか？」

「いや知らんな。儂も新米の宗門改じゃてのぉ、その方に色々と教えを請わねばなるまい。」

「実のところ、東庵につきましては氏素性も判らぬ者でございますが、井上様の御時に、東庵の探索令が出されたことが記録に残されてございます。それなりの名の知れたキリシタンであったことが容易に想像されます。しかしながらその時にはすでに沼田から行方知らずとなっており、代わりに残された二人の娘が捕縛されたとのことでございます。」

綱貞は身を乗り出し、三右衛門の言葉の一つ一つに注意深く耳を傾けていた。

「私は、その後の二人の安否がどうしても知りとうございます。もし存命で、未だ沼田の牢舎に入れられたままとなっておるようでしたら、是非とも二人を江戸に召喚していただき、直接二人に会って、東庵のことを聞き糺したいと考えております。」

「何とも興味深い話じゃな。儂も是非とも会うてみたい気分になってきた。早速手配するとしよう。」

そう言うと、綱貞はゆっくりと立ち上がり、縁側へと進んだ。

「良い日和じゃ。」

綱貞は独り言のようにそう呟きながら、春のうららかな日差しを浴びながら、庭の木々をしみじみと眺めていた。

二

一行が沼須の宿場に差し掛かった時、ちょうど東の空がゆっくりと白みはじめた。宿場を南北に貫く往還には人影もなく、朝もやが深く立ち籠めている。その静寂を破るように、駕籠かきの調子のよい掛け声だけが辺りに響き渡る。それを追い掛けるように、バタバタという不規則な跫音が続いた。

上越国境に聳える山々はいまだ冬の装いのままであったが、付近の里山は一斉に新緑が芽吹きはじめ、ここ上州沼田の地にも遅い春の到来を告げていた。

駕籠に揺られながら、満里は自らの運命が、何ら抗う術もなく、突然に動き始めたことに戸惑いを感じていた。

とうの昔に覚悟はできていた筈なのに、いざその瞬間が訪れると、言い知れぬ不安が急速に頭をもたげ始めたのである。

満里と姉のおまの元に、江戸の奉行所からの火急の呼び出しがあったのは、三日前のことであった。二人はあれこれと思いを巡らせる間もなく、今朝未明に駕籠に乗せられ、江戸へと向かうこととなったのである。

数えきれぬほどの歳月と季節が、姉妹を通り過ぎて行った。

およそ三十年もの間、文字通り駕籠の中の鳥のように、ただ無為に時を遣り過ごしてきた二人にとって、それは余りにも唐突な出来事であったといえよう。

その一方で、これでようやく苦行のような日常から解放され、それぞれの魂が救済されるという望みと、安堵の気持ちも広がりはじめていた。

「満里さま、間もなく沼須の渡し場に到着いたします。」

簾越しに、男の声が聞こえてきた。声の主は高野新兵衛である。

高野家は沼田藩真田家に仕える三百石取りの家格で、小藩である沼田藩の家中にあっては上級家臣の部類に属していた。

新兵衛が、父である甚五左衛門から家督を譲られたのは三十歳の時で、今年でちょうど十年目を迎えていた。

一行には、新兵衛の長男の半之丞、次男の新五右衛門も同行していた。

「満里さま、我らが役儀として同道を許されたのは沼須の渡し場までにございます。御家老さまには江戸までご一緒できるように願い出たのでありますが、残念ながらそれは叶いませんでした。ですから余り時間の猶予はございません。どうか、どうかこれから私が申し上げることを、しっかりとお聞き届けくださいませ。」

新兵衛は駕籠と共に小走りで移動しながら、言葉を続けた。

「満里さま、これは私の父、甚五左衛門からの言伝でございます。父は自分の遺言だと思って、満里さま、おまさまご両人に、是非ともお聞き届けていただくようにと申しておりました。」

新兵衛の息遣いは荒く弾んでいた。

沼田城下を発っておよそ一里の間、新兵衛も健脚な駕籠かきと共にずっと走り通しであった。

「満里さま、この先、どのような境遇に置かれましても、決して死に急ぐようなことがあってはなりません。満里さま、おまさまご両人は、私どもにとっては日輪にも変わらぬ存在でございます。陽の光がなければ草木が育たぬように、ご両人が沼田にお戻りにならなければ、私ども同朋は絶え果ててしまうのでございます。どうか私どもの意をお汲みいただきまして、必ずや生きて、生きて沼田にお戻りくださいませ！」

新兵衛は一息でそう言い切ると、後に続く姉の駕籠へと向かい、同じ口上を繰り返した。

　沼須の渡し場には三艘の舟が横付けされていて、一艘は馬渡しの舟、残りの二艘が人を乗せて運ぶ歩行船であった。

　雪解けの水が川かさを増して、低く水面に立ち籠めた朝もやで、向こう岸は白く霞んでいた。

　姉妹の江戸行きには、川場村から名主の助左衛門、年寄の四郎右衛門の両人が付き添うこととなっていた。二人は村役人連名の嘆願書と、檀那寺である吉祥寺の住職からの嘆願書の二通を携えていた。

「新兵衛さま、どうぞご安心くださいませ。わしらは命に代えても、おまさま、満里さまをお守り致します。そして何としてもこの沼田に連れ帰ってくることをお約束いたしましょう。」

　新兵衛は助左衛門、四郎右衛門の、それぞれの手をしっかりと握りしめながら、何度も何度も頷いていた。

　手拭いで頬被りをした船頭が、煙管の煙をゆっくりと吐き出しながら、一行の乗船を待ち侘びている様子であった。

二

助左衛門が先に乗船し、覚束ない足取りでおまがそれに続いた。満里が乗り込むのを確認してから、最後に四郎右衛門が船に乗り込んだ。

霞の向こうに仄かに浮かぶ子持山の稜線を、二人はじっと眺めていた。満里が振り返ると、残雪を頂いた雄大な上州武尊の山並みを見ることができた。

故郷の風景もこれが見納めになるやも知れぬという漠とした淋しさが、不意に心を突き上げ、熱いものが満里の頬を伝った。

船頭が馴れた手つきで係留用の綱をほどくと、ゆっくりと長竿を手に取った。そして川岸の大岩にその先端を突き立てると、船はするすると緩やかに岸を離れた。

突然、新兵衛が大声で叫んだ。

「どうか、どうかご無事でお戻りくださいませ！おまさま、満里さまのご無事を、われら一同、日々祈っております！」

新兵衛と二人の子息は、地べたに両手をついたままの格好で船を見送っていた。

船がゆっくりと岸を離れると、新兵衛が低い声で朗々と歌い始めた。

それは「さん・じゅあん様の歌」というキリシタンのオラショであった。

あ〜　前はな
前は泉水やなあ
後ろは高き岩なるやなあ
前も後ろも
潮であかするやなあ
あ〜　この春はな
この春はなあ
桜な　花かや
散るじるやなあ
今はな　涙の先き
谷なるやなあ
先きはな
助かる道であるぞやなあ

三

まるで初夏のような強い日差しを遮るため、軒下には葦簀《よしず》が立て掛けられていたが、それがかえって風の通りを妨げていた。

満里の首の辺りには幾筋もの汗がまとわりつき、額からは大粒の汗が滴り落ちていた。床板に広がる水滴を、満里はただじっと見つめていた。

「さて満里とやら、苦しゅうない、面を上げよ。」

平伏したままの姿勢で、小刻みに震えている満里に向かって、渡辺綱貞が声を掛けた。いくつもの鋭い視線を受けながら、満里は、ただ自身の心臓の高鳴りだけを感じていた。

満里とおまが江戸に到着してから、すでに一月が過ぎようとしていた。

その間、姉妹は一旦、伝馬町牢屋敷の西側にある揚屋《あがりや》に留め置かれ、昨日、綱貞との対面のために小石川のキリシタン屋敷に移されていた。

姉妹に同行した助左衛門、四郎右衛門の両名は、取り調べまでは数ヶ月を要するとの申し渡しを受け、嘆願書を届けると、川場村に帰されることとなり、江戸には姉妹だけが残される形となった。

「苦しゅうないと申しておるではないか。面を上げて、まず儂の顔をしかと見よ。」

綱貞に催促され、満里は恐る恐る、ゆっくりと上体を起こした。体の震えは一向に止まず、汗が全身にまとわりついていた。

ゆっくりと視線を上げると、その先には声の主と思しき男の姿があった。満里は、四十前後の、やや小柄な男という印象を受けたが、口元に笑みを浮かべた、その表情に多少の安堵感を覚えるのであった。

綱貞の両脇には、文机を前にした、いかにも役人風情といった厳しい表情の小吏が二人座っていた。

「そう固くならんでも良い。まずはゆっくりと息を吐き出すことじゃ。そうすれば自ずと新鮮な空気を吸い込むことができるじゃろう。」

綱貞は静かに言った。満里は言われるままにゆっくりと静かに深呼吸を繰り返した。

「儂が其の方の詮議に当たることとなった大目付の渡辺大隅守じゃ。」

満里は、改めてその声の主の表情をそっと窺ってみた。

その容貌は威厳に満ちていたが、奥目がちのその瞳からは、役人らしからぬ柔和な雰囲気を感じとることができた。

「其の方は江戸に参ってからどのくらいになるのじゃ?」

「ちょうど一月が過ぎたところでございます。」

満里は渇き切った喉の奥から、ようやくの思いで言葉を絞り出すことができた。

「そうかそうか、それは随分と待たせてしまったな。近頃は江戸の町もなかなか物騒になってな。一つの事案を片付けても、後から後から仕事が追いかけてきよる。それにこのところの江戸の大火が重なってな。色々と雑務にも追われているのじゃ。」

綱貞は鮮やかな柿色の扇子で自身の顔を扇ぎながら、言葉を続けた。

「さて其の方はこの屋敷がどのような所かは、聞き知っておろうか?」

少々真顔になって、いよいよ綱貞の尋問が始まった。

「はい。詳しいことは存じ上げませんが、以前より多少なりとも噂で聞いたことがございます。」

満里は落ち着き払って答えた。

「ほう、噂でとな。巷ではここはキリシタン牢屋敷とも呼ばれておるそうじゃが、そのことは知っておるな?」

「はい。存じ上げております。」

「ここは元々は大目付であった井上筑後守様の下屋敷じゃったところでな。」

先ほどまで庭木で鳴いていた鳥の囀りが止まり、不気味なほどの静けさが辺りを支配していた。

「井上様が大目付と宗門改役を務められておった頃に、自分の屋敷を捕縛されたキリシタンのために提供されたのじゃ。井上様の時代には、この屋敷内でどのようなことが行われていたのか、色々な噂話として聞いておろう。異国から日本に密入国して捕縛されたバテレンも、日本各地で見つかったキリシタンも多数収容され、一旦収容された者は転ばぬ限り、二度と生きては出られぬという決まりになっておった。転ばぬ者に対しては厳しい拷問なども加えられたようじゃ。」

『転ばぬ』という言葉の繰り返しが、その都度、鋭く満里の心に突き刺さった。

綱貞は満里の表情を窺いながら、なおも話を続けた。

「だがな、それはあくまでも井上様の御時の話じゃ。儂はこう見えても見掛けによらぬ小心者でな。このような性分は、本来宗門改役という厳格さが求められる役職には向かんのかも知れぬ。儂は、自分の目の前で人がもがき苦しんだり、血を流すのを見ることが何とも苦手なのじゃ。」

綱貞はそう言うと、やや自嘲気味に笑った。

満里はその言葉に少々安堵感を覚えると同時に、どのように自分たちの詮議をおこない、そして「転ばせる」のかという疑問も浮かんだ。

「話は変わるが、先ほど其の方の姉の詮議を終えたばかりじゃが…。」

満里は再び張り詰めた気分に引き戻された。

綱貞はひと呼吸置いてから、言葉を続けた。

「其の方が何を知りたがっておるかは承知しておる。姉が何を語り、その結果どのような処分を受けることになるのかを知りたいのじゃろう？だがそれは出来ぬ決まりとなっておってな…。二人をそれぞれに詮議して、話の辻褄が合っているかどうか、双方に嘘偽りがないかどうかを確認した上でなければ、その内容は話せないのじゃ。」

満里は自分自身がどう答えたらよいか、どう振る舞ったらよいのか、迷いを生じていた。

三

その一方で、改めて姉と示し合わせておいた「覚悟」を思い出していた。江戸送りが決まった時、姉と唯一確認したことは、最期は己の心の声に忠実でありたいという「覚悟」に他ならなかったのである。

「姉のことはさておき、其の方が知っておることは、包み隠さずに申し述べることじゃ。それによってお前も姉もその処遇が大きく変わってくる。隠し立てをせずに話し、身の証を立てることができれば、二人とも晴れて自由の身となれるのじゃからな…。」

そう言うと、綱貞は左側に座る役人から、綴じた冊子を受け取った。

「さて、儂の手元にある抄録では正保二年に入牢とあるが、沼田の牢舎には一体何年おったことになるのじゃ？」

「はい、二十九年になります。」

「ほぉ、二十九年とな！それは何とも気の遠くなるような歳月じゃのぉ。二人とも良くも生き長らえたものじゃ…。其の方らの父親がキリシタンの修道士《イルマン》であったばかりに、娘たちまでもがその責め苦を負わされるとは、何とも不憫な話じゃな。」

綱貞の言葉に耳を傾けながら、満里は断片的にしか残っていない父の記憶をゆっくりとたぐり寄せていた。

満里はまだ幼かったために、父の顔は霞がかったように曖昧で、目鼻立ちや背格好などはほとんど覚えていなかった。その代わりに、暖かな手の温もりや優しい言葉の一つ一つは今でも鮮明に思い起こすことができたのである。

「其の方の父が突然行方をくらましたのは、お前が幾つの時だったか覚えておるか?」

「五つか、六つか、そんな時分であったと記憶しております。」

満里がそう答えると、綱貞は右隣の役人に何やら耳打ちをし、再び質問を続けた。

「記録には寛永七年欠落とある。その後の父の消息は知っておろうか? つまり其の方の母親や姉、あるいは村人たちから父の噂話を聞いたことはないかということじゃ。」

綱貞はやや目を細めながら、満里の表情をじっと窺っていた。いつしかそれまでの柔和な表情は消え、役人らしい厳しい目つきに変わっていた。

「父が私たちの前から突然に姿を消した日のことは、今でもはっきりと覚えております。母は一日中啜り泣いておりました。理由の分からぬ私たちはただおろおろしながら、あちらこちらで父の姿を捜しておりました。」

まるで昨日の出来事であるかのように、満里の脳裏には、その日のことが鮮やかに刻印されていたのである。

「幼い私でも、その日を境に父がいなくなったということは理解できました。いつも父

三

の帰りを待ち侘びておりましたが、そのことを母に問うと、いつも哀しそうな表情が返ってくるばかりでした。いつしか姉も私も、子供心にその話題には触れてはならぬものと心得るようになっておりました。気丈に振る舞う母の手前、姉も私も父の話題は自然と避けるようになっていったのです。」

「その後の父の消息は一切聞いてはおらぬのだな？」

満里は小さく頷いてから、言葉を続けた。

「越後の方に行ったという噂もあれば、尾瀬を越えて会津方面に抜けたという噂もありました。母も行き先は知らぬと申しておりましたが、本当のところは私にはわかりません。その後も便りがあったという話も聞いておりませんでした。実のところ、私たちはこの度の呼び出しによって、何か父の消息を知る手掛かりがあるのではないかと密かに期待しておりました。」

「残念ながらその期待には応えられんな。儂らにも何の手掛かりもないのじゃ。だからこそ其の方らを江戸にまで呼び立てしたのじゃ。」

綱貞は大きな溜息をついて、左隣の役人に何やら話し掛けた。

「さて話は変わるが、其の方の母が亡くなったのはいつじゃ？」

「私が嫁いで間もない頃でありましたから、寛永十八年のことでありました。」

満里は十五の春に戸鹿野村の百姓四郎右衛門に嫁ぎ、それを見届けるかのように、その年の暮れに母が他界したのであった。それから数年後、公儀より突如、父東庵の探索令が出され、姉と満里は理由を聞かされることもなく捕縛され、沼田城下の牢舎に入れられたのであった。

「姉には既に娘が一人おりましたが、私たち夫婦の間に子はなく、程なく夫からの離縁状が私の元に送り届けられたのです。」

「それは何とも気の毒な話じゃな。ただ儂にはどうしても解せぬことがあってな。東庵の失踪から十数年も経ってから、なぜ唐突に、ご公儀が探索令を出したのかということなのじゃ…。」

「はい。私もその辺りの事情は存じません。正直に申し上げますと、沼田の牢舎に押し込められた時、姉も私もなぜか急に父を身近に感じることができたのです。父が沼田に舞い戻ってきてくれるのではないかとも思いました。」

「その辺りの事情は、直接探索令を出した井上様が知っておったと思われる。だがその井上様が集めた東庵の情報は、先に起こった明暦年間の大火によって全て失われてし

三

まったのじゃ。そして井上様もまた、その直後に職を辞されたので、奉行所には何の手掛かりも残されておらぬのじゃ。そして儂が南町奉行となった年に、井上様がご逝去されてしまわれた。儂が推測するに、出奔してから十数年も経ってから幕府が慌てて探索令を出すくらいだから、其の方の父は名の知れた修道士《イルマン》であったということじゃろう。儂はそう踏んでおる。そもそも其の方の父はどこから沼田にやって来たか聞いておるだろう?」

「下野の足尾で鉱夫として働いた後、沼田の金山を掘るためやって来たと聞いております。」

満里は聞かれるままに正直に話した。満里の脳裏には、朧気な父の姿と、そして金を産出する戸神山の風景が浮かんでいた。

「儂が知りたいのは、足尾以前の消息なのじゃ。足尾でイルマンになった訳でもあるまい。バテレンたちは南蛮の優れた技術を持っていて、信長公、秀吉公の時代には各地で鉱山の指導もおこなったということじゃ。だから其の方の父が優れた鉱夫であったということは得心できることじゃ。そして鉱夫の場合、一度杯を交わすことで、たとえどのような罪人であっても密かに匿われたとのことだから、東庵も鉱山から鉱山へと渡り歩きながら、キリシタンの教えを広めたのじゃろう。東庵が来る前に沼田にキリシタンの痕跡は見られぬから、沼田のキリシタンは其の方の父が布教によって導いたということは相違なかろう。真田の家中にも多くのキリシタンがおったとの噂も聞いておる。さて、それ以前はどうじゃ？足尾に来る前、其の方の父はどこでイルマンになったのかは聞いておろうか？」

「母からは父の生まれは九州であると教えられていました。ただ父の素性に関わることは、母は余り多くは語ってくれませんでした。」

「そうか、やはりな…。イルマンになるのだから、バテレンの多数来日した九州か畿内と考えるのは道理じゃろう。だがその先が分からぬ。手掛かりになりそうなものはないか…。たとえば其の方の家の家紋はどのようなものだったか覚えておるか？」

満里は何かの折に母が着ていた紋付きの着物や、提灯といったものを思い浮かべていた。だがそれが父方のものなのか、母方のものなのか、はっきりとした確証はなかった。ただ朧気ながらにも、それが梅の紋であったという記憶は確かであった。

「おそらくは、梅の花を象ったものであったと記憶しております。」

「おおっ、やはりそうであったか。梅紋は九州の地に多く見られるもので、菅原道真公に由来するものと考えられておるからな。」

　綱貞は傍らにあった肘掛けをゆっくりと正面に移動させた。そしてそこに両肘をつき、身を乗り出す格好になって、さらに言葉を続けた。

「其の方も知っての通り、念仏宗の世界では極楽に往生することを第一に考えておる。その意味ではキリシタンもまた同じ。神に召されること、天国に行くことを心から望んでおるのじゃろう。されば転ばずに苦しみに耐え抜くのも、その先に天国という極楽世界があると信じておるからなのじゃろうか…。」

「子供の頃、父から度々聞かされたのは、天国のことではありません。仏様の住む極楽浄土と、キリシタンの世界でいうところの天国がどのように違うのかは、私自身にも良くわからないのです。ただ父が話してくれたキリシタンの神々の物語や神の語った言葉の一つ一つが、幼い頃の私の心にはしっかりと刻まれたのです。言い換えるならば、それは来世のことではなく、現世における人として、どのように生きるかということにございました。」

　満里の心の奥底には、父から念入りに聞かされた言葉の一つ一つが確実に刻み込まれていたのである。

三

「何とも興味深い話じゃが、其の方と悠長にキリシタンの問答の遣り取りをしておる暇もなくてのぉ…。残念じゃが、その筋の本題に入るとしよう。お前の村方より、其の方と姉のおまについての嘆願書が出されておる。それは知っておろうか？」

満里は共に江戸に同行してくれた二人のことが脳裏をよぎった。

「はい。私どもが江戸送りとなるという事を聞き知った川場の名主様と、檀那寺である吉祥寺のご住職が、わざわざ書き付けを認めてくださったと伺っております。」

「して、その内容は知っておるか？」

「いいえ、存じ上げません。」

二人の助命を請う内容であることは想像できたが、その具体的な内容は姉妹には知らされてはいなかったのである。

「其の方らがキリシタンではないという証文が、名主らの連名と檀那寺より出されておるのじゃ。」

「そうでありますか…。誠に有り難いことであります。」

「ただし、万が一にも其の方らがキリシタンであった場合は、自分たちが如何なる咎も受けるとの覚悟も書いてある。」

沼田の城下を出立する時に、姉と確認したことは、最後はキリシタンとしての信仰を守り抜こうということであった。そのために一生涯外の世界に出ることが叶わなくとも、或いはそのために命を落とすことになろうとも、それを運命と受け入れるという覚悟であった。ところがそれが今や二人だけの問題ではなくなっていたということに、満里は大きな戸惑いを感じていた。

それは、二人の出所を心待ちにしている助左衛門、四郎右衛門が共に捕縛され、吉祥寺の住職も何らかの咎を受けるということも意味していたのである。

「何れ、其の方らにキリシタンではないという証を立ててもらわねばならん。だがその前に、どうしてもお前たちに会わせてやりたい御仁がおってのぉ。」

綱貞はやや勿体つけたような口調で言った。

「それはどの様なお方でございましょうか？」

「岡本三右衛門と申してな、今は日本人の妻を娶り、日本の僧侶となっておるが、元々はバテレンであった御仁じゃ。そもそもその方らを江戸に呼び寄せて欲しいと願ったのは、その三右衛門なのじゃ。」

江戸にはご公儀の監視下に置かれているバテレンがいるということを聞き知っていた

が、そのバテレンがまだ存命中であることに、満里はある種の驚きと共に、深い感銘を覚えずにはいられなかったのである。

＊

「岡本三右衛門と申します。」

三右衛門は、訛りのない流暢な日本語で話し掛けてきた。

僧侶のような質素な装束と、綺麗に剃り上げられた頭部を目の当たりにして、満里は思わず目を逸らさずにはいられなかった。余りにも日本人らしいその風体が、何とも痛々しく感じられたのである。

「おまで御座います。」

「満里と申します…。」

二人は共にか細い声でそれぞれに名乗ったが、感慨よりもどこか居たたまれないといった居心地の悪さを感じていた。

そんな気持ちを察してか、三右衛門は静かに微笑みかけ、そして自身のことをゆっくりと語りはじめたのである。

「私は欧羅巴《ヨーロッパ》にあるシチリアという島国に生まれ、本名はジュゼッペ・キアラと申します。」

日本のキリシタンたちにとっては、欧羅巴は遥かに遠い国ではあったが、その地には誰もが憧れる羅馬《ローマ》の教会があり、神に最も近い存在である教皇がそこに居るということは、満里もおまも聞き知っていた。

「言うまでもなく、私もあなた方と同類の、キリシタンでありました。今ではこのように頭を剃り上げ、日本人として仏門に帰依しております。」

三右衛門は少しばつの悪そうな表情を浮かべながら、白髪頭をゆっくりとなで回した。

満里は、その奥目がちの眼差しから、心の内を読み取ることはできなかった。

「おそらく、あなた方はこのような私の姿を見て、どこか憐憫の情を抱かれておるのではないでしょうか?あるいは軽蔑しているのかもしれません。しかしながら、私はこうして日本人として生かされていることに、喜びを感じると共に、最近では神に感謝することさえあるのです。」

三右衛門が発した神という言葉に、二人は戸惑いを感じていた。

それが自分たちが信ずる神と同類の存在であるのか、日本の神々をさすのか、あるいは仏門の仏をさすのかという疑問が、それぞれの心の内に浮かんだからである。

　三右衛門はゆっくりと言葉を続けた。

「『転びのパウロ』、人々は私をそう呼んで、蔑んだのです。寛永二十年に筑前国で捕縛され、私はすぐに長崎に送られました。その後間もなく江戸に護送され、この井上様のお屋敷に連れられて来られたのです。井上様は通詞を通じてあれこれと私に問い糾してまいりました。そして一通り聞き取りが終わると、役人に命じて、聖母子の姿が刻まれている銅版を私の目の前に置かせたのです。」

　そこまで話して、三右衛門は大きく溜息をついた。

「『何も悩むことはない。お前はそこに足を掛けさえすればいいのだ』井上様はそう言って私に棄教を迫ってまいりました。迫害に耐え、息を殺して信仰を守り抜いてる人々のために、われわれは命がけでこの日本にやって来たのです。それはわれわれの意志ではなく、神の導きであると信じて疑いませんでした。どのような責め苦に遭おうとも耐え抜く覚悟はあると考えておりました。」

　再び大きな溜息が漏れた。

三

「ところが『穴吊り』という拷問は想像を絶するものでした。屋敷の裏手に穴が掘られ、そこに三方から丸太が組み上げられ、私はまず体を縄で何重にも縛られました。それは逆さに吊られた時に、内蔵が下がってくるのを防ぐためのものでした。吊られた直後は穴の中を這い回る虫を目で追うほどの余裕がありました。ところが程なく目の奥底に激しい痛みを感じるようになりました。逆さに吊られたために体中の血液が頭部に向かって集まり出したのです。やがて割れんばかりの痛みで、頭部のあちらこちらが悲鳴を上げ出したのです。あまりの痛みに私は気を失いました。意識を取り戻すと、今度はこめかみの所に小さな穴を開けられたのです。これは頭が充血しないようにするためでしたが、気を失わずに苦しみを長引かせることが目的でした。これを何度が繰り返されてるうちに、私は朦朧とする意識の中で、ついに聖母子の銅版に足を掛けてしまったのでした。」

満里もおまも、溢れ出る涙が止まらなかった。その時の想像を絶する悲惨な様子が姉妹を嗚咽させたのであった。

「無意識といえば嘘になるでしょう。朦朧とする意識の中でも、私の意志は明確に銅版に向かっていたのです。神を裏切ったという後ろめたさよりも、なぜ神は我らの祈りに報いてはくれないのか、沈黙したままなのかという絶望感だけが残りました。転んだ後は、岡本三右衛門という死んだ男の名を貰い受け、その妻を娶ったのです。転んだ直後は、『三右衛門』という名前と自身の行為を恥じ、そのことで随分と苦しめられたものでした。」

三右衛門は古傷が痛むといったように、そこで小さな溜息をついた。

「この屋敷に連れて来られてから、間もなく三十年になろうとしています。初めのうちは、私は専らある仕事に従事させられたのです。それは、あなた方のようなキリシタンや、各地に潜伏していて捕縛されたバテレンと接見することでした。『転びのパウロ』と揶揄された私が、信仰心の厚いキリシタンや、布教に命を賭してきたバテレンたちを前にして、その信仰がまやかしであり、信心を捨てよと説くのです。何とも皮肉な話です。」

満里もおまも、その心の痛みを、我が身のことのように感じていた。

「最近では、この屋敷に送られてくるキリシタンもめっきりと減ったので、ご公儀より別の仕事を仰せつかりました。それは、キリシタンの教えについて、出来うる限り詳細にまとめるといった作業でした。幼い頃より自分の血となり肉となった信心の全てを書き記すことで、私は自らの置かれた境涯を忘れることができました。そしてまた、封印してきた神への信心を思い出しながら、人知れず日々神と向かい合い、対話をすることができるようになったのです。」

満里はこの時、三右衛門が口にする「神」と自分たちの「神」が同じものであるという確信を得ることができた。

「私の師であるフェレイラ神父もまた、『転びバテレン』でした。彼は『顕偽録』という書物を書き著し、キリシタンは邪教であると断じられました。彼の死後、私もその書物を何度も読み返し、師の心意を探したのですが、その言葉の中から神への秘められた想いを探すことは不可能でした。師は己の信心の全てを封印した上で、命じるままに書かされたのでしょう。その忸怩たる思いを考えると、何とも遣る瀬無い気持ちになるのです。」

満里はそこで初めて、三右衛門の顔をまじまじと覗き込んだ。奥深い碧色の瞳の中に、静かに澄んだ覚悟のようなものが感じられた。

「話は変わりますが、あなた方はフェルナンデス神父に会われたことはあるのでしょうか?」

三右衛門はおまと満里を交互に眺めながら、答えを待った。

三

「はい。私は微かに記憶に残っております。フェルナンデス神父のお姿は朧気で、何を話されたかは覚えておりませんが、村人たちが総出で、まるでお祭りのような数日間であったことをはっきりと覚えています。」

　おまが熱っぽく語り、続いて満里が言葉を続けた。

「まだ私は生まれておりませんでしたが、父から何度もそのお名前を伺っておりました。村人たちの熱狂ぶりは、語り草となっておりました。」

　おまは自身の体験に、父から聞いた神父の様子を付け加えながら、話を続けた。

「元和の頃ということですから、かれこれ五十年も昔のこととなりましょうか…。村の人たちが稲扱きをしていたと申しますから、秋分の頃ではなかったかと思われます。虚無僧姿の行人がふらっと村にやって来たとのことでございます。」

　おまは故郷の野山に想いを馳せながら、遠くを眺めるようにゆっくりと話を続けた。

「深編み笠をとると、そのお方の顔は、ほぼ顔中が髭で覆われておりました。村人が近寄ってみると、その髭の奥に碧色の瞳が見えたそうです。村人はすぐにそのお方が南蛮人であること、永らく待ち侘びていた伴天連《パードレ》であることに気づいたとのことです。」

　おまの言葉を受け、三右衛門が説明を加えた。

「私が調べたところ、神父はポルトガルに生まれ、マカオから日本に渡り、京都の教会で布教の活動に当たられていたとのことです。そして慶長年間に出されたバテレンやキリシタンの国外追放令にも従わず、畿内から関東に潜伏していたとのことでした。沼田は駿府や江戸と並んでキリシタンの多い地方でしたから、おそらくはあなた方の父である東庵殿のお導きで行かれたのでしょう。」

「パードレは父がどのような人物だったのかはご存じなのでしょうか?」

満里は自然と三右衛門を「パードレ」と呼び、そして身を乗り出すようにして、三右衛門に尋ねた。

「その問い掛けは何度も何度も、井上様からも受けてきましたが、残念ながら私はお目に掛かったこともありませんし、その素性も存じ上げておりません。ただ東庵殿が沼田におったから、フェルナンデス神父が沼田を訪ねたことは間違いないでしょう。東庵殿とフェルナンデス神父がどのような関係であったかは存じ上げませんが、おそらくは教会の指図があったのではないかと推測されます。神父は沼田にどのくらいの期間、滞在なさったのでしょうか?」

「僅かに十日であったとのことです。しかしながら村人たちの歓待に合い、それはそれは熱心な歓迎ぶりでありました。神父さまが数日で出立されると伺った村人たちは、川場にある雨乞山という所に登って雨乞いをし、その結果として大雨となり、神父さまの出立が何日も何日も先延べとなったと伝えられております。」

「情景が目に浮かぶようです…。慈愛に満ちた神父さまと素朴で信仰心の厚い村人たちの交流の様子がはっきりと脳裏に浮かんでまいります。」

三右衛門はそう言うと、しばし目を閉じた。おそらくその風景こそが、三右衛門自身が日本に渡る以前に、毎日のように夢見た場面であり、幾多の苦難を乗り越えることのできた原動力となっていたものであった。

「神父さまの出立の朝は、村人が総出で見送りに出ました。村人たちは何度も何度も立ち止まって振り返られる神父さまの姿が見えなくなるまで、ずっと手を振り続けておりました。なぜみんなが泣いているのか、幼い私にはよくわかりませんでしたが、父の涙する姿もあの時に初めて見たのでした。」

おまが懐かしそうに語った。

「その後、神父さまは奥州の方に向かわれたとのことでございますが、その後の消息は私には解りません。」

三

おまが話し終わると、三右衛門は突然押し黙ってしまった。そしてしばらくしてからその重い口をゆっくりと開いた。

「フェルナンデス神父はその後、奥州を布教なされた後、再び九州の長崎に戻られたのです。」

おまも満里も、フェルナンデス神父は奥州のどこかの寒村で、沢山の信者たちに見守られながらひっそりとその生涯を閉じられたとばかり思っていた。満里は三右衛門から告げられた事実を意外に感じていた。

「そして寛永年間に役人に捕らえられてしまわれたのでした。」

満里は己の耳を疑った。

父が敬愛してやまなかったフェルナンデス神父捕縛の話は、満里の胸を激しく締め付けた。

「神父は、密航したパードレや潜伏キリシタンたちと共に穴吊りにされ、厳しい拷問にかけられたのです。」

満里は脳裏に浮かんだおぞましい拷問の様子を振り払おうと努めたが、振り払っても振り払ってもその光景はまとわりついてきた。

生々しいその様子が、まるで目の前の出来事のようにはっきりと実像として現れたのである。

「吊られた者には棄教か死かのいずれかの選択しかありません。」

三右衛門は表情を歪めながら、絞り出すように言葉を続けた。

「実はフェルナンデス神父が穴に吊られた時、私の師であるフェレイラ神父にも、穴吊りの責め苦が与えられていました。そしてもう一人、天正年間にローマに行き、教皇に謁見した中浦ジュリアン神父も同時に穴吊りになっていたとのことです。」

満里は、天正年間にヨーロッパに渡った四人の少年たちの話は、何度も父から聞かされていた。まさかフェルナンデス神父も、そして中浦神父までもが同時に拷問に遭っていたなどとは、思いも寄らない衝撃であった。

「そして間もなく、わが師フェレイラが耐えきれずに棄教してしまわれたのです。フェルナンデス神父と中浦ジュリアン神父は最後までそれを拒み続け、ついに天に召されたとのことでした。」

満里は溢れる涙を止めることができなかった。おまも息をするのも苦しいほどに嗚咽していた。

三

「わが師はその後、沢野忠庵と名乗り、禅宗の僧侶となり、日本人妻まで娶ったとの噂を、私が本国で耳にしたのはそれから間もない頃でした。わが師に限ってそんなことがあろう筈はない、何かの間違いだ、血気盛んな若者であった私は、そう意気込んで仲間と共に日本に渡って来たのです。わが師フェレイラが転んでから十年の歳月が流れておりました。」

三右衛門はそう言うと、何度目かの大きな溜息をつき、庭木の若葉に目を移した。柔らかな風のそよぐ音だけが耳に届いた。

「私は筑前国大島の津和瀬という入り江に流れ着いたのですが、ただちに捕縛されて、長崎に送られたのです。わが師フェレイラや沼田を訪れたフェルナンデス神父のように、潜伏キリシタンたちに熱狂的に出迎えられるという幻想は粉々に打ち砕かれたのです。それから間もなく沢野忠庵と名を改めたわが師と対面させられ、棄教を勧められたのです。私は頑なにそれを拒み､師を蔑んだのです。憎しみさえ抱きました。しかしながら、私も穴に吊られると一日と持ちこたえることができませんでした。自分の信仰がこれ程までに弱く、脆いものであったことを、痛切に思い知らされたのです。」

三右衛門は吐き捨てるように言った。満里にはその心の痛みが、手にとるように理解できた。

「私が長崎から江戸に移された頃、あなた方姉妹も沼田の牢舎に入れられ、そこで三十年近くを過ごされたと聞いております が、その間、あなた方は、あなた方の信ずる『神』の存在を疑ったことはありませんか？」

唐突な問い掛けに、満里は戸惑った。

まるで自分の心の内を見透かされたような気がして、満里は気持ちが動転した。満里が返答に窮していると、三右衛門が言葉を続けた。

「私は自らの心に刻まれていた信仰を、二つに峻別しながら書物を書き記してきました。その一つは私が属していた教会の教えであり、そしてもう一つが主であるイエズス自身の言葉なのです。教会はイエズスの奇跡を信者に説き、その仲介役としての教会に絶対の服従を誓わせています。さりながら、主は自らの奇跡を我々に説いたのではなく、あくまでも隣人を愛することを説いてくださったのです。」

三右衛門の話す言葉の一つ一つが満里の心を捉えた。

たとえ絵踏みをして転んだとしても、やはりこのお方は確かにパードレであると、満里は得心した。

三

「私は生まれてからずっと、日々神にすがり、オラショを唱えて参りました。牢舎の中でも一日も欠かしたことはありませんでした。そして祈り続けることで、いつか神が私たちを救い出してくれると信じて疑いませんでした。そんな毎日が年を重ねるごとに、その信心は揺らぎ、信仰そのものを捨ててしまおうと考えたこともありました。牢舎の中では、ただ祈るしかありませんでした。」

満里は涙ながらに三右衛門に告解を続けた。

「私は生まれてすぐに父より洗礼を受け、聖母マリア様の御名をいただき満里と命名されました。捕縛され、沼田の牢獄に押し込められた間に、何度この名を恨んだことでしょうか…。」

「それは責められることではありません。私自身、長崎で捕縛され、江戸に送られてこの屋敷内で厳しい責め苦に遭わされました。そんな時、何度も何度も主に救いを求めましたが、主は黙したまま何も為されなかった。私の必死の問いかけにも何も答えてはくれなかった。私は主を恨んだだけではなく、その存在すら心底疑ったのです。」

満里は話に耳を傾けながら、何度も袖でこぼれ落ちる涙を拭っていた。

「そして私は悟ったのです。主は天上にいるのではなく、我々の心の中にいるのだと。

人を愛し、慈しみ、そして許す心がある限り、私たちの心には神が宿っているのです。神は奇跡を起こしてくれるのではなく、常に私たちと共にいて、人々が道を踏み外すことがないように見守っていてくれているのです。」

三右衛門もまた泣いていた。こぼれ落ちる涙を拭おうともせずに言葉を続けた。

「大目付の渡辺様は心根のお優しいお方です。キリシタンのことも十分に理解してくださっています。しかしながらキリシタンのご禁制は御上が決めたことです。家康公がお決めになったことを後の将軍様が引っ繰り返すようなことはできないでしょう。信者が発覚すれば、転ばせる手順を踏むのも致し方ないことなのです。」

三右衛門はようやく袖で涙を拭い、そして言った。

「絵踏みをご存じでしょう。間もなく、あなた方の前に聖母マリアさまやイエスさまの刻まれた銅版が置かれることになります。迷うことなく、その版に足を掛けなさい。何度も申しますが、そこには神は宿ってはおりません。刻まれた神は、異教徒の日本人が見よう見まねで拵えた偽物に過ぎないのです。今一度、申し上げましょう。神はあなた方の心の中に居られるのです。ですから、あなたは命を粗末にすることなく、生き長らえ、一人でも多くの人々に主の教えを伝えてください。それがあなた方の定めなのです。

＊

数日後、再び綱貞が屋敷を訪れた。

今度は奥座敷に通され、おまと満里が揃って詮議を受けることとなった。

綱貞は、供の者一人を連れて二人の前に姿を現した。供の若い男は紺地の風呂敷に包んだものを恭しく、そっと二人の前に置いた。

それがどのようなものであるか、おまも満里も十分に承知していた。

「さて、岡本三右衛門の話はどうじゃったかな？」

意味ありげな含み笑みを浮かべながら、綱貞が切り出した。

「覚悟はできております。」

おまはきっぱりと答えた。

沼田を出立した時に確認した「覚悟」と、たった今姉から発せられた「覚悟」が同じものであるのかどうか、満里は確認することができなかった。おまは涼しげな眼差しを満里の方に向け、小さく頷いた。

三

満里は姉の「覚悟」に従う決意を固めていた。場合によっては川場村の人々たちを裏切ることになるやもしれないという不安と、三右衛門の「生きよ！」という呼び掛けが複雑に交錯していたのである。

「覚悟とな?·其の方の覚悟がどのようなものなのかは知らぬが、これも役儀でな。儂らはキリシタンを転ばせて、それを報告せねばならぬのじゃ。」

綱貞が目配せをすると、供の者が紺地の布を前後左右にゆっくりと開いた。

そこには予期した通りの、幼子イエスを抱いたマリアの像を刻んだ銅版があった。満里もおまも、いよいよその「覚悟」の時が到来したという思いで、身を硬くした。

「さてさて、一昔前はこの絵踏みを拒んだ者にあらゆる責め苦を与え、転ぶまでそれを続けたそうじゃが、わしはそのやり方が苦手でのぉ。それで最近は少しやり方を変えることにしたのじゃ。」

綱貞はそう言うとすっと立ち上がり、二人の前に進み出た。

「儂がどのような手段を講じようとも、其の方らの心根までは変えられまい。たとえ形だけでも足を掛けたところで、それにどのような意味があるというのだろうか…。聞くところによると、絵踏みをした後に、その足を洗った水を飲むことで、信仰に立ち帰ることができるそうじゃ。また儂は無益な殺生はしたくない。おなごを縛り上げて逆さに吊すなど、考えただけでも恐ろしい…。」

綱貞は一呼吸おいて言葉を続けた。

「そこでだ…。儂ら二人はしばしの間中座することとする。その間、それぞれに絵踏みを済ませておいて貰おうと思う。儂らが戻ってきたら、まず儂が終わったかと問う。其の方らはそれぞれに終わりましたとだけ答えよ。それ以外の返答は一切無用じゃ。」

そう言うが早いか、綱貞と供の男は襖を開けて部屋を出て行ってしまった。

おまと満里はしばし無言のまま、その場に座り続けていた。

庭の立木からは一羽の雀の鳴き声が聞こえてきた。その賑やかな筈の鳴き声がかえって静けさを引き立たせていた。

おまがおもむろに立ち上がった。満里はその動きを静かに目で追っていた。銅版の前に進み出たおまはそれに足を掛けるのではなく、迷うことなく両手で拾い上げると、それを満里の元に持ってきて、そっと畳の上に置いた。

姉は慈しむように聖母子像の刻まれた銅板を手でなぞり、満里もそれに従った。無数の人々に踏まれ、マリアも幼子イエスもその表情を窺うことは出来ないほどに磨り減っていた。
二人の両頬には、ただただ涙が溢れ出ていた。
瞬間、三右衛門の言葉が、そして新兵衛たちの叫びが、満里の心の内に甦った。
『生き長らえ、一人でも多くの人々に主の教えを伝えてください。』
『どうか、どうかご無事でお戻りくださいませ！』

三

四

江戸の日本橋から上州沼田の城下までは、およそ三十七、八里の道程である。中山道を高崎で分岐し、前橋を経て沼田へと続くこの街道は、赤城山と子持山に挟まれた山間を、利根川の本流に沿うように大きく蛇行しながら北上している。主に沼田藩の参勤交代等のために整備された街道であった。

晴れて自由の身となったおまと満里は、綱貞の手配してくれた駕籠に揺られながら、それぞれの小窓を流れる風景をぼんやりと眺めていた。

満里は、自然と溢れ出る涙を何度も何度も拭いながら、生きて故郷に帰れるという奇跡を神に感謝しつつ、生かされているというある種の使命感のようなものも感じていたのであった。

駕籠は、森下宿の手前にある入原集落を足早に進んでいた。江戸を出立して、ちょうど二日が過ぎようとしていた。

陽は大分はやや西に傾き始めていたが、このまま進めば、日の入り前には沼田の城下にたどり着けるといった算段であった。

集落を抜けると間もなく、道筋の左手に大きく枝を伸ばした大木が見えてくる。それは雲昌寺という古刹の境内から大きく張りだした欅の木であった。その大木は寛文二年に伽藍の整備がなされた時の記録に樹齢四百年と記されている。

駕籠はその寺の門前で最後の休憩をとった。駕籠かきの案内で、二人は境内にある湧水で口を湿らせ、木陰に腰を下ろし、しばしの休息をとることとした。道一杯に大きな日陰を提供している枝葉からは、あちらこちらから鳥の囀りが降り注いでいた。満里はそっと目を閉じた。遠い記憶の彼方でも、故郷の野山で鳥たちの鳴き声を聞いていた幼い頃の記憶が甦ってきた。

子持山の方角にある夕陽は初夏の暑さをとどめていたが、江戸のそれに比べれば、時折吹き抜ける風はとても心地好く感じられた。二人はそれぞれに、そこに故郷の匂いを感じ取っていた。やがて道の正面に、片品川を挟んだ対岸に沼田台地と、その後方には上越国境の山々と、故郷の川場に聳える上州武尊の山並みが出現した。

＊

二人が真っ先に訪れたのは、沼田城下にある高野甚五左衛門、新兵衛宅であった。

屋敷のある坊新田町は城下の南端に位置し、真田信之の時代、その名が表すとおり、多くの寺院を集めて町割りされた閑静な町であった。

白壁土塀に沿って進んでいくと、やがて立派な武家屋敷の長屋門が見えてくる。扉は開かれたままになっており、綺麗に苅り調えられた躑躅《つつじ》の葉が、沈みかけた夕陽に紅く照らされていた。

甚五左衛門は、ちょうど庭木に鋏を入れているところであった。

甚五左衛門は人の気配に顔を上げると、そこでふと動きを止めた。甚五左衛門は一瞬、わが目を疑ったが、それが紛れもないおまと満里であることを確かめると、手に持っていた剪定ばさみを投げ出し、二人の元に駆け寄った。

無言のまま二人をしっかりと抱きしめ、そして嗚咽した。

「本当に、ご心配をお掛けいたしました。こうして、こうして私たちが生きて帰れましたのも、高野様のお陰さまにございます。」

甚五左衛門の腕の中で、おまは涙声で訴えた。満里は自らの想いが言葉にならず、ただただ啜り泣いていた。

甚五左衛門の背後に新兵衛が現れた。

「よくぞ、よくぞご無事でお戻りになられた。」

新兵衛も涙ながらに言葉を絞り出した。

「もう何も心配なさることはござらぬ。これからは我らが必ずやお守りいたそう。」

甚五左衛門は大きく眼を見開きながら言った。

二人は玄関口の上り框に腰を下ろし、下男が用意してくれた桶で入念に足を洗った。このような穏やかな時間を迎えることができようとは、おまも満里も、全く思いも寄らぬことであった。そんな二人の姿を見つめながら、甚五左衛門は何度もこぼれ落ちる涙を拭っていた。

四

奥座敷に通された二人の元に、程なく新兵衛が木製の小箱を携えてやって来た。

「これは昔、儂が東庵殿から拝領したものじゃ。」

小箱を受け取った甚五左衛門が小箱の蓋を開け、中から銅製の十字架《クルス》を取り出してみせた。

「東庵殿は足尾の銅山におったためであろうか、たいへん器用なお方で、このような銅細工は一時もあれば二、三個はすぐに拵えてしまわれたのじゃ。」

「お二人が江戸に出立されてからは、儂らは毎日、お二人の無事をこの十字架に祈っておりました。」

そう言って新兵衛が差し出した十字架を、満里が受け取ると、おまも顔を寄せてそれを覗き込んだ。長さが一寸五分、幅が一寸ほどの長さの十字架には、磔刑となった主イエズスの姿が巧みに象られていた。満里は、父の存在を身近に感じながら、十字架を高く掲げ、その場に跪いた。おまと甚五左衛門、そして新兵衛もそれに続いた。

薄暗い屋敷の中に、四人が唱えるオラショの声が低く、そして静かに響き渡った。

でうす（神）

ぱーどれ（父）

憐れみ給え

でうす

ひーりょー（子）

憐れみ給え
でうす
よつべりとさんち（聖霊）
憐れみ給え

＊

満里は若い頃に一度縁付き、四郎右衛門という戸鹿野村の百姓家へと嫁いだが、入牢されると間もなく、四郎右衛門からの離縁状が届けられた。

百姓にとってみれば、田畑を守ること、そしてそれを子孫に受け継ぐことこそが使命なれば、満里はそれを当然のこととして受け止めていた。

二人の間には子もなかったため、満里はかつての婚家に戻る必要もなかったが、かつて父や母と暮らした川場の実家は、満里が嫁いで間もなく、母親が亡くなるとすぐに人手に渡っていた。

四

戻るべき家もない満里のために、高野新兵衛が沼田城下の南の外れにある戸鹿野村の八幡宮近くに一軒の家を調えてくれた。

この八幡宮は、天正年間に真田昌幸が出陣に際して武功を祈願して以来、歴代の藩主の守護神として祀られていた。

松代藩の相続をめぐるお家騒動の結果、沼田藩が分離独立した際、初代藩主となった真田信利により本殿が新築され、信州伊奈谷の石工の手によって亀甲積みの石垣や大鳥居などが造られている。

その神社の裏手に高野家の所有する田畑があり、元々は使用人の住まいとして利用していた空き家ではあったが、新兵衛が大工を入れて小綺麗な住まいへと造り替えてくれたのである。

家屋も含めて一反にも満たぬ広さではあったが、女一人が暮らしてゆくには十分すぎるほどの広さであったといえよう。

一方おまには、その帰りを待ち続けている夫半三郎と、一人娘くにが川場村に住んでいた。

半三郎の生家は代々名主を務めており、この頃には兄八右衛門が名主となっており、かつて父東庵の庇護者となっていたのも、この名主の一家であった。

四

半三郎も八右衛門も、かつては共にキリシタンであったが、表向きは棄教して寺の檀家を装っていた。おまたちが沼田の牢舎にいる間は一度も面会が許されず、高野甚五左衛門、新兵衛父子を通じてのみ、その消息を知ることができたのである。

おまが入牢を申し付けられた時、娘のくにはまだ僅かに四つであった。その娘も既に縁付いて三人の子供にも恵まれ、息災であることを、おまは甚五左衛門から聞かされていた。

余りにも突然のおまの帰郷に、半三郎は呆然と立ちつくし、言葉を失っていた。三十年という時の流れは、半三郎を七十近い翁へ、おまを五十過ぎの初老の女へと大きく変貌させてはいたが、互いが懐かしい面影をそれぞれに重ね合わせていた。

「半三郎どの。」

おまは震える声で懐かしい夫の名を呼んだ。

半三郎は確かな足取りでおまのもとに駆け寄り、そして両手を差し出した。おまはその手をしっかりと握りかえした。溢れる涙が頬を濡らしたまま、二人はお互いを確かめるように、三十年という歳月を越えてしっかりと抱き合った。

おまと半三郎、そして満里の三人は落ち着く間もなく、直ぐに娘くにの嫁ぎ先を訪れることとした。
そこには初めて見る愛らしい三人の孫たちの姿があった
くには無言のまま、おまを強く抱きしめて嗚咽した。それを三人の孫たちと、半三郎、
そして満里が静かに見守っていた。
空はどこまでも青く、あの頃と少しも変わらぬ風景の中で、鳥が囀り、あちらこちら
から蝉の鳴き声が聞こえてくる。
この時、満里は、ようやく故郷に帰って来たという安堵感に包まれていた。同時にこ
のような人知の及ばぬ奇跡を目の当たりにして、改めて神の存在をすぐ身近に感じてい
た。そして辺りを吹き抜ける風に、なぜか父東庵がどこかでこの光景を見守っていてく
れているような、そんな感覚に包まれていたのであった。

＊

満里とおまの亡き母は、二人が生まれ育った川場村の吉祥寺という古刹に眠っていた。
川場は鎌倉時代、相模国を本拠とした大友氏の荘園である利根荘の中心であった。

南北朝の時代、大友氏の惣領である大友氏時を開基として吉祥寺が開かれ、晩年、氏時は川場村谷地にある大友館に移り住んだとも伝えられている。その館の西北に位置する桂昌寺には氏時夫妻のものとされる二基の五輪塔が残されている。

戦国の時代、大友宗麟（義鎮）がフランシスコ・ザビエルに引見したことを契機にキリスト教に傾倒し、やがて洗礼を受けて「ドン・フランシスコ」を名乗ることとなる。

天正十（一五八二）年一月、大友宗麟は宣教師ヴァリニャーニの勧めによりローマ教皇への親書を認め、その名代として伊東マンショを派遣することとなる。マンショは日向国に生まれるが、八歳の時に島津氏の侵攻により豊後国へと逃れ、その地でキリスト教に出会い、有馬のセミナリオに入学したと伝えられている。

天正十年三月、織田信長と徳川家康、そして北条氏政の連合軍が甲斐国を攻め立て、家臣である小山田信茂の謀反にあった武田勝頼は甲斐の天目山で妻子と共に自害する。

こうして源義光を始祖とする甲斐源氏の宗家武田氏は、十七代目で滅亡し、その配下にあった真田昌幸は、本領の上田、沼田領を死守するため、ただちに信長に臣従を誓い、信長の元に黒毛の駿馬を送り届ける。

昌幸は上田は安堵されたものの、沼田領は信長より送り込まれた滝川一益の支配下に置かれることとなった。

ところがさらにその三ヶ月後の六月二日、今度は織田信長が家臣明智光秀の謀反にあい、本能寺で最期を遂げることとなる。

真田昌幸は直ちに沼田城を奪還し、何としても沼田を手に入れたい小田原の北条氏の激しい攻撃にさらされていた。

この頃信濃に侵攻してきた徳川家康の配下に加わることで、上田・沼田領の安堵を望んだが、家康は同盟関係にある北条氏直の要請により、沼田城の引き渡しを真田昌幸に迫った。

昌幸はこれを拒み、次男の幸村（信繁）を人質として越後に送り、上杉景勝の支援を仰ぐ。

これにより上田城は徳川軍の激しい攻撃にさらされるが、七千の大軍で上田城を攻め立てる徳川軍に対し、僅か二千の軍勢でこれを守る真田昌幸が、見事にこれを撃破した。一方、沼田城の攻略を目指す北条勢の攻撃は、上杉勢の支援を受け、昌幸の叔父にあたる矢沢綱頼がこれを退けてみせたのである。

時は移り、上杉景勝が関白秀吉に謁見し、その配下に加わると、必然的に真田昌幸も

四

大坂城で秀吉に謁見し、今度は幸村を人質として大坂に残し、上田、沼田の地を安堵されることとなったのである。

ところが沼田を巡る問題はこれで落着とはいかず、秀吉が自身の妹である朝日を徳川家康の正室として嫁がせ、家康が関白政権の一翼を担うこととなると、沼田領問題は今度は家康に委ねられることとなった。

再三にわたる北条氏直の要請により、家康は沼田城の引き渡しを真田昌幸に迫るが、昌幸はこれを拒み、最終的にはその裁決は関白秀吉の手に委ねられることとなった。秀吉は富田知信、津田信勝の両名を特使として沼田に派遣し、沼田城を含む利根川右岸の地を北条方へ、そして対岸にある名胡桃《なぐるみ》城を含む利根川左岸の地を真田方へという裁定を下したのであった。

ところがその直後に沼田城に派遣された北条方の猪俣邦憲が名胡桃城を奪取するという事件が起こり、これを契機として秀吉による小田原征伐が起こることとなる。

その後沼田は真田氏に返還され、真田昌幸の長男信幸を城主として迎えることとなる。

一方九州では大友宗麟の子義統《よしむね》もコンスタンチノという洗礼名を授けられていたが、宗麟が亡くなった直後、豊臣秀吉のバテレン追放令が発せられると呆気なく棄教したと伝えられている。

その後、秀吉の命を受けて朝鮮に出兵したものの、その失策が秀吉の逆鱗に触れて改易を申し渡されることとなる。秀吉の死後、許されて豊臣秀頼に仕えるが、関ヶ原の合戦で西軍に与して敗れ、常陸国に流罪となった。

吉祥寺も度重なる戦火と、大友氏の没落によってすっかり荒廃してしまっていたが、その後、延宝年間に本堂である方丈が再建され、今日に至っている。

東庵が初めて沼田に足を踏み入れた時、様々な形で便宜を図ってくれたのも吉祥寺の住職であったという。またフェルナンデス神父が沼田に逗留した時も、その宿舎として本坊を提供したのも、吉祥寺であったと伝えられている。

＊

二人を出迎えてくれたのは若い僧侶で、満里たちがそれぞれに名乗ると、慌てて住職を呼びに行った。

「これは何と！　こうして生きて再びお二人にお目にかかることができようとは！」

四

住職は二人を見るや、熱い想いを一気に吐き出した。その両目からは熱いものが頬を伝ってこぼれ落ちていた。

おま、満里にとっても住職との対面は、およそ三十年振りのことであった。

「この度は私どものために、ご住職様自ら嘆願書を認めて頂いたと伺っております。このように晴れて自由の身となることができましたのは、ご住職様のお陰にございます。心より感謝申し上げます。」

おまは何度も涙を拭いながら、言葉を絞り出した。住職はそれぞれの手を握りしめ、頬を濡らしたまま、何度も何度も頷いた。

「お二人には是非ともお目に掛けたいものがあってな。」

住職はそう言うと、本堂の濡れ縁伝いを回り込んで、二人を本堂の北面へと案内した。度重なる戦火に焼かれた本堂は、数年前より再建が始まり、今はその仕上げ段階に入り、何人もの職人たちが忙しなく動き回っていた。本堂の北面には、新しく設えられた大きな池があり、山に見立てられた大岩からは滝のような水が流れ落ちていた。

「これをご覧くだされ。」

そう言って住職が指さす先には、本堂の北面に安置された小さな観音菩薩像であった。

おまも満里もそれを一目見るなり、それが遠い昔、父東庵が所持していたマリア観音像そのものであることを知った。

「東庵殿は、この地を離れるにあたり、わざわざ寺に立ち寄って暇乞いをして、その時にこの観音像を拙僧に託されていかれたのじゃ。この像が妻や娘たちには災いをもたらすことになるやも知れぬとも申しておられた。」

住職は一寸にも満たないその観音像を、恭しくそっと取り上げると、それをおまに手渡した。

おまも、そして満里も、父東庵がこの観音像を寺に託した真意に想いを寄せた。

「東庵殿は、自分が立ち去ってしばらくの間は秘匿し、ほとぼりが冷めた頃に寺内の何処かにそっと安置して頂きたいとも申しておった。」

観音像はおまから満里へと手渡された。満里はマリア様の背面に刻まれた十字の文様を指でなぞってみた。

「ご両人が江戸に向かわれたと聞いた時、今こそ村人たちのためにこの観音像を出す時だと思い立ち、本堂のここに安置することとしたのじゃ。ここにある限り、この観音像は子育て観音として、村のキリシタンたちは人目を憚ることなく、いつでもお参りすることができるようになるじゃろう。」

「ご住職さまは仏に仕える身でありながら、なぜそのようにご禁制のキリシタンにご寛容になられるのでしょうか？」

満里が尋ねた。

「答えは簡単でござる。私もかつて東庵殿、そしてフェルナンデス神父の教えに触れ、いたく感銘を受けたからに他ならぬ。仏の教えも、キリシタンの教えも人の道を説くという点においては共通する部分も多く、もし私が仏門の家に生まれていなかったら、洗礼を授けて頂いていたかも知れん。」

住職は観音像を満里から受け取りながら、覗き込むように、その慈悲深い表情をじっと見つめていた。

「何か拙僧にできることがあったら、遠慮なく、何なりとお申し付けくだされ。この沼田にはまだまだ沢山のキリシタンの信者たちがおる。彼らはご両人にお目にかかることをどんなに待ち望んでおったことか。」

住職は池の方を向き直って言葉を続けた。

「この池も長い間涸れたままに放置されておったが、このように水を張ってやれば、庭そのものが生き生きと甦るのじゃ。」

「私たちに何ができましょうか？」

満里が尋ねた。

「ご両人の存在そのものが、この水のように、キリシタンたちの信仰に潤いをもたらしてくれるじゃろう。彼らは二人を通して、東庵殿の存在を身近に感じることができ、その伝え聞いた教えそのものを、再び心の内に思い出すことができるのじゃ。」

住職がポンポンと手を叩くと、何匹もの鯉がその足下に集まってきた。

おまと満里は、穏やかな風景の中で、それぞれの使命というものに想いを馳せていた。

*

おまは半三郎の待つ川場の家へ、そして満里は高野甚五左衛門が手配してくれた沼田城下の戸鹿野村に一人で住むことになった。おまは満里に一緒に暮らすことを強く望んだが、満里は夫婦水入らずで暮らすべきだと言って、その申し出を辞退したのである。

甚五左衛門は一人暮らしをする満里のために、ようやく沼田でも始まった生糸作りの

四

ための道具と、絹布を織るための織機を手配してくれた。加えてその手解きをしてくれる者も紹介し、生計が成り立つようにと心を砕いてくれたのである。

紹介された老婆は、目が不自由であったため、満里が老婆の元に日参し、その教えを受けた。

沼田城下から一里半ほど北西に戸神山という小山がある。

その西の麓に石墨村があった。ここには樹齢千年を超えると伝えられる桑の大木があり、そこに隣接する場所に石墨大神宮があった。ここは元々は村の鎮守であったが、いつの頃からか養蚕の神を祀るようになった。その隣に村の寄合所があり、ここが機織りの教習の場となっていた。

戸神山はかつて東庵が鉱夫として働いた金山でもあり、その隣に聳える三峰山の麓にある師村にも金鉱が見つかっており、周辺の百姓たちも鉱夫としてその搬出に当たっていた。その多くは直接に東庵の教えに触れ、キリシタンへと導かれた人々も少なからず存在していたのであった。

東庵の娘である満里がそこに居ることを聞きつけた人々は、恐る恐る寄合所を訪れるようになった。彼らは東庵のこと、そして満里が東庵から聞き継いだ言葉の一つ一つ、それに江戸で出会ったバテレンのことなどを熱心に尋ねた。

こうして枯れ果てたと思っていた信仰の泉に、数十年ぶりに水が湧き出し、乾ききった人々の心の奥底に染み渡っていったのである。

*

この年（寛文十三年）、京都の関白鷹司房輔の屋敷より起こった火災は、本院御所を除く内裏、仙洞御所、女院御所、新院御所などを含む上京一帯の百余町、五千余軒を焼き尽くした。

これにより九月、改元が行われ延宝となる。

*

この頃、沼田藩内では一つの大きな問題が動き出していた。

沼田は真田信之が上田（のち松代）に移ると、その長男の信吉が城主となるが、父信

四

之よりも先に四十歳で他界し、わずか四歳でその長男の熊之助が城主となった。信之次男の信政が後見役となっていたが、その熊之助が七歳で夭折したため、信政が城主となる。松代藩で信之が隠居すると、今度は信政が松代藩へと移り、沼田城は熊之助の異母弟である信利が相続することとなったのである。

満里とおまが沼田の牢舎に幽閉されている間に、沼田藩では新たに検地がおこなわれ、それまでの三万石が一気に十四万四千石という石高に引き上げられた。

これは世にいう「拡大検地」というもので、真田家の本家筋に当たる松代藩十万石に対抗するために、沼田藩主真田信利が実施を命じ、これを幕府に過大申告したものであった。

田の畦道は勿論、ほとんど全ての田を「上田」とし、山林や原野の一部も水田として検地帳に記された。これに五割の年貢率を乗じると、七万二千石の税収を得なくてはならない計算となるが、これは後の貞享年間に再検地された実質高六万石をも上回る常識ではあり得ない年貢高であった。

信利の見栄はこれだけに留まらず、江戸藩邸も松代藩の江戸屋敷を上回る豪華なものを新築し、沼田城の天守にいたっては、関東では明暦の大火で焼失した江戸城以外に類をみない五層の天守に建て替えられたと伝えられる。

一般に城の改修などには幕府の厳しい制約があったが、初代沼田城主となった真田信之の妻が徳川四天王の一人である本田忠勝の娘で、一旦徳川家康の養女となった上で沼田に嫁いだという経緯があった。そして何よりも信之自身が関ヶ原の合戦において、父昌幸、弟幸村と袂を分かってまで東軍に属したということに対する特別な配慮があった。

これに加え、信利の妻である松姫は土佐藩主山内忠豊の娘であり、「下馬将軍」こと時の大老酒井忠清の叔母松仙院が信利の父真田信吉の正室であった（信利は側室の子）関係で、酒井忠清は真田信利の強力な後ろ盾となっていたのである。

特に松代藩において、藩祖真田信之の後継をめぐってのお家騒動が起こった時、信利を松代藩主に推したのが、他ならぬ酒井忠清だったのである。

信之が次男信政に家督を譲った時、信之は九十歳、信政も六十二歳となっていた。ところがその僅か半年後に信政が病に倒れ、父信之に先立ってしまったのである。

信政は遺言で僅か二歳の幸道を後継に指名し、信之自身も添状で幸道の藩主相続を願い出ていた。これに異を唱えたのが、沼田城主の信利だったのである。

幕府は一旦は信利の松代藩主相続を決定したが、信之をはじめとする松代藩士たちの猛反発にあい、酒井忠清自身がやむなくこの決定を覆し、改めて幸道を藩主としたのであった。

このような経緯もあり、どうしても酒井忠清は沼田藩主の信利に甘くならざるを得なかった。これを笠に着て、信利は権高な態度が目につき、他の幕閣らからも少々目障りな存在として警戒され始めていたが、幕府内では酒井忠清に憚って、それに直接もの申すことのできる存在は皆無であった。

拡大検地に伴い、領民たちの生活は困窮を極めていた。その一方で、信利の暴走に意見をすることのできる近習がいなかったことも、沼田藩にとって不幸の始まりであったといえよう。

四

折しも延宝年間は度重なる天候不順で毎年のように不作が続き、関東から東北にかけて飢饉が起こっていた。加えて沼田藩では重税である。当然のように領民たちは飢えに苦しみ、口減らしのために赤子の「間引き」が横行した。

藩の上層部はこのような状況にただ手を拱いていた訳ではなく、領内の寺院などを通じて間引きを戒める絵馬を掲げさせたり、五人組を通じて間引きの禁止を訴えたが、一部では「死産」として闇から闇へと葬られたのである。

＊

そんな飢饉がうち続く中、おまが病に倒れ、あっけなくこの世を去った。沼田の牢舎を出てから僅か三年のことであった。

日本のキリシタンの間では、洗礼を「お授け」、葬儀を「戻し方」と称していた。カトリックでは死者に対する洗礼は行われることはなかったが、日本のキリシタンの間では、葬儀に際しても「お授け」が行われていた。

この「お授け」を取り仕切るのは「オジ様」と呼ばれる最高の役職で、川場村においては半三郎の兄である八右衛門がこれを務めていた。

その一方で、この時代はご公儀の定めた寺請制度が深く浸透しており、およそ全ての民百姓は、何れかの寺の檀家となり、葬儀に際しては当然のごとく仏式が強要されたのである。葬儀には僧侶が招かれ、経文をあげ、村役人らにより不審なことがないか確認の上で納棺することとなっていた。

特に東庵の探索令が出されて以降は、キリシタンであった類続にはこれが徹底されることとなっていた。

しかしながら仏教における極楽浄土と、キリシタンたちのパライゾ（天国）は別の場所にあると考えられていたため、経文によって霊魂が行きかけていた極楽浄土の世界から、パライゾへと通じる道へと導いてやる必要があった。

そこで考え出されたのが「経消し」という儀式であった。

僧侶が唱えた経文の効力を消すために、葬儀の最中に信者の代表が集まり、キリシタンのオラショを唱えるというものであった。

僧侶の方もこのようなキリシタンの儀礼をよく理解していて、彼らが檀家としての勤めを十分に果たしている以上は、事を表沙汰にするつもりはなかった。一歩間違えると、自分たちの監督不行届を咎められるやも知れぬという不安も抱えていたのである。

おまの葬儀は半三郎の家で執り行われたが、母屋の客間で吉祥寺の住職が経文を唱えている間、信者たちの代表が隣接する奥座敷へと集まった。喪主である半三郎に代わって、満里がその中に加わった。

参ろうやな　参ろうやな
パライゾの寺にぞ　参ろうやな

四

パライゾの寺とは申するやなあ
広い寺とは申するななあ
広いなせばいは　我が胸にあるぞやなあ
今はな涙の先なるやなあ
先はな助かる道であるぞやなあ

弔問客が去った後、おまの棺には紙の十字架である「オマブリ」が入れられた。オマブリはおまの左の耳に一枚、そして右の衿のところにもう一枚が入れられた。このオマブリは、仏門における六文銭と同様に、パライゾへと導いてくれる手形のような役割を果たしていたのである。

五

―― 延宝八（一六八〇）年　夏 ――

おまの死から四年の歳月が流れた。

この年の五月、四代将軍である家綱危篤の報が伝わった。

家綱は病弱で跡継ぎがなく、幕閣の間でも早くからその後継についての議論が水面下でなされていた。

その最右翼にいたのが徳川家光の次男で、家綱の三歳年下の弟である甲府藩主の徳川綱重であった。だがしかし、延宝六（一六七八）年に兄家綱に先立って三十五の若さで他界している。

こうして次に白羽の矢が立ったのが上野国館林藩主の綱吉であった。

綱吉は家光の四男で、家綱よりも五歳年下であった。館林藩主という立場ではあったが、綱吉が館林領内に入ったのは、生涯でたったの一度きりであったと伝えられている。

寛文三（一六六三）年四月に家綱が日光社参を行ったことに続き、五月に日光に社参し、江戸への帰路の途上で館林に立ち寄ったとのことである。

明暦の大火以降、綱吉の居所は江戸神田橋内に置かれていたが、母である桂昌院の住む小石川の下屋敷にも足繁く出掛けていた。その屋敷に家綱危篤の報がもたらされると、綱吉はただちに江戸城二の丸に入り、家綱の嗣子として迎えられたのである。

その直後に家綱が亡くなり、八月、綱吉は五代将軍としての宣下を受けることとなった。

翌閏八月六日、関東・東海地方は暴風雨に見舞われ、江戸の本所、深川、浜町などで三千余の家屋が流され、死者も七百人を超えた。この時、隅田川に架かる両国橋が大きく損壊し、江戸の沼田藩邸も大きな被害を被った。

この両国橋の御用材を九千五百両で落札したのが、材木商の大和屋久右衛門で、久右衛門はこの話を沼田藩の真田信利に持ち込んだのである。江戸藩邸の普請にかかる莫大な費用の捻出に苦慮していた信利は、早速、日限までに「御用材」の切り出しを間に合わせることができるか家臣に調べさせることとした。そして度重なる久右衛門の説得と、提示された四千両の運上金に心を動かされ、ついに「御用材」の切り出しを請け負うこととなったのである。

このことが後に沼田藩の存亡に大きく関わることになろうとは、この時に一体誰が予想したであろうか？

＊

綱吉の将軍就任と時を同じくして、一人の男が江戸から沼田へと向かっていた。

男の名は伊右衛門といった。

伊右衛門は十五の春に沼田を離れ、上州鬼石《おにし》村の米問屋に奉公に出て以来、およそ三十年振りの帰郷ということになる。

利根川沿いの街道を進むにつれ、見慣れた懐かしい山々が間近に迫ってくる。沼田を離れてからの日々が、走馬燈のように浮かんでは消えた。

禁教の時代にあって、鬼石もまた沼田と並んでキリシタン信仰の盛んな地域であった。

鬼石の名は、その昔、弘法大師が御稲鉾《みかぼ》山に住む鬼を調伏したこと、また三波石《さんばせき》という青緑色で白い模様の入った石の産地であったこと等に由来すると伝えられている。

村のほぼ中央を流れる神流川《かんながわ》の段丘状に発達した村は、田畑に乏しく、特に米は隣国の信州佐久地方からの移入に頼り、毎日十石の米が運ばれたことから、村を貫く往還は、一般に十石《じっこく》街道とよばれていた。

伊右衛門の奉公先である米問屋の主が熱心なキリシタンであったことから、自然と伊右衛門もキリシタンとなったのである。

鬼石は江戸のはじめから天領としての支配を受けていたが、キリシタン信仰の中心が真宗寺院の長命寺であり、そこが格好の隠れ蓑の役割を果たしていた。また十石街道沿いの宿場町とはいえ、中山道の脇街道ということもあり、人通りも少なく、詮索の手が及びにくかったという事情もあった。

ところが明暦二(一六五六)年、伊右衛門がちょうど三十歳を迎えた夏のある日、その平穏な暮らしは一変することとなる。

当時、ある土地の相続をめぐる問題が起こり、困窮したかつての土地の所有者が、現在の所有者をキリシタンであると密告するという事件が起こった。

伊右衛門を含めた村の主立ったキリシタンたちが一斉に捕縛され、当時、関東郡代を勤めていた伊奈忠治の詮議を受けることとなった。詮議を受けた近在の村々は、上州では山波川村、鬼石村、神流川を挟んで武州では渡良瀬《わたらせ》村、譲原《ゆずりはら》村の四か村にも及んだ。

詮議を受けた十五名のうち、転んで帰郷を許された者が大半であったが、伊右衛門を含む数名が棄教を拒んだために江戸送りとなり、小石川のキリシタン屋敷で井上筑後守の厳しい詮議を受けることとなった。

伊右衛門はたとえ命を落としても、絵踏みを拒み続けようと決めていたが、井上筑後守の前に、その覚悟は脆くも崩れ去ったのである。

しかしながら「転び」となった伊右衛門は、なぜか井上筑後守に目を掛けられ、それからの二十年余りの歳月を、江戸小石川のキリシタン屋敷で過ごすこととなったのである。

渡辺大隅守綱貞が宗門改役に就任すると、伊右衛門の出自が上州の沼田であることから目を掛けられ、今度は綱貞の下働きとして、手となり、足となり働くこととなったのであった。

ある日、伊右衛門を呼び出した綱貞は、こう話を切り出した。

「その方の在である沼田で、何か不穏な動きがあるようじゃ。真田伊賀守の代になってからは色々と問題が起こっていてな。その都度、酒井忠清様が裏で動いて火消しをされている様子なのじゃ。何せ、酒井様の叔母である松仙院様が、伊賀守の父である真田信吉殿に嫁いでいるので、酒井様と伊賀守は、関係上は従兄弟ということになるのじゃ。」

伊右衛門の脳裏には、とうの昔に縁が切れ、忘れた筈の故郷の野山が自然と浮かんでいた。

「ところが最近になって、訴え先が酒井様では埒があかぬということで、儂の元に直接問題が持ち込まれるようになってきよった。領民たちの切実な訴えも直接届くようになってな。酒井様の手前、表だった動きはする訳にはいかぬが、見て見ぬ振りをする訳にもいくまい。そこでじゃ、その方に沼田に行き、藩内の様子、領民たちの暮らしぶりを具に報告してもらおうと考えた訳じゃ。」

思いも寄らぬ綱貞の申し出に、伊右衛門は困惑した。まさか生きて沼田に戻れる日が来ようとは、夢にも思わなかったからである。

「それからもう一つ。かつて儂が詮議した者たちの中に、おまと満里という沼田出身のキリシタンがおってな。その者たちがその後どうなっているか、どのような暮らしぶりをしているのかを知らせて欲しいのじゃ。」

そして綱貞はこう付け加えた。

「良いか伊右衛門、これも何かの折には、必ず役に立つこともあろう。蛇の道は蛇と申す。その方が蛇とならねば、蛇の道に入ることも出来まい。」

渡辺大隅守がそう言って手渡したのは道中の無事を祈るための懸守であったが、その浅い瑠璃色の袋の中には、鈍い銀色の光を放つ十字架《クルス》が入っていた。

「キリシタンは表面的には仏門に帰依しているので、その信心を確かめることまでは難儀であろう。ただ、今なおキリシタンの集まりが行われているかどうか、その方であれば十分に判別することはできよう。儂の手によって放免されたおまと満里の姉妹の消息を知りたい。その者たちの周りには、自ずとキリシタンたちが集まっておることじゃろう。その様子を具に報告することがその方の勤めじゃ。」

伊右衛門は懸守をしっかりと握りしめながら、夕陽を追いかけるように、足早に沼田街道を進んだ。

＊

伊右衛門は沼田に入ると、城下の南外れにある自身の檀那寺である正覚寺へと向かった。幼少の頃に相次いで両親を亡くし、十五で沼田を離れて以来の墓参りであった。

ここは初代沼田城主であった真田信之の正室、小松姫の菩提寺でもある。小松姫は徳川四天王の一人であった本多忠勝の娘で、一旦徳川家康の養女となり、その後真田信之に嫁したと伝えられる。

伊右衛門は墓参を済ませると、正覚寺の住職を訪ねた。この三十年の間に、住職は代替わりをしており、伊右衛門との面識もなく、その素性を隠す必要もあり、あえて沼田の出であることには触れなかった。

「かつて三万石だった沼田が、寛文の頃より十四万石の石高となったと伺い、本日、初めて江戸より沼田に参ったという次第にございます。さぞかしご城下も羽振りが良くなっているものと見受けられますが、いかがでしょうか？」

「いやいや表向きはそうなっておるが、見ての通り沼田藩領はおよそ九割が山林で占められておる。どんなに百姓が精を出して鍬を入れたところで、十万石を超える米を作るのは到底無理な話じゃ。」

伊右衛門の問いに、住職は憚ることなく答えた。

「ではなぜ十四万石となり申したのでしょうか？」

五

「現在の伊賀守様が五代目の当主となられる以前、本家である松代真田家の相続争いが起こり、伊賀守様に決まりかけていたものが引っ繰り返されたという経緯があったのじゃ。その後松代藩より分離独立し、沼田藩が誕生することになる訳だが、伊賀守様は本家に対抗するため、寛文年間に無茶な検地を実施して、それまでの三万石から十四万石の石高を打ち出したという次第なのだ。」

伊右衛門はどうにも納得しかねるといった様子であった。住職はそれを察して言葉を続けた。

「そもそも検地は田畑をそれぞれ上・中・下・下々と石盛をして、畦道などは当然のことながら田畑には含めないことになっておるが、寛文の検地では全ての田畑を上田に格上げして、更には畦道や用水、山林などの入会地までも全て田畑として検地帳に載せたのじゃ。」

「江戸では天明の大火の後、再建された沼田藩邸のこの上なく豪華なことが噂となっております。さぞかし領内も羽振りが良いものと聞きつけて、私もここに参ったという次第でございました。」

住職は苦笑いを浮かべた。

「まあ、そんな事情なので、商売人にとって、ここに長居は無用な処じゃな。国境を越えて、越後の方に足を延ばしてみるのが良かろうて。」

住職は自嘲気味にそう言って、伊右衛門に茶をすすめた。

「もう一つ、お尋ねしたき儀がございます。」

「何なりとお尋ねくだされ。」

住職は柔和な笑顔を向けた。

「沼田はかつてキリシタンの信仰が盛んな場所であったと伺っております。」

一瞬、住職の顔が強ばったが、伊右衛門は構わずに言葉を続けた。

「今でも、ご城下で信仰を守っている者たちは居るのでしょうか?」

伊右衛門は真っ直ぐに住職の顔を覗き込んだ。

「その方、なぜそんなことを聞く?」

住職は伊右衛門の素性に探りを入れた。

「実のところ、私めも、かつてはキリシタンでございました。」

伊右衛門はそう言いながら、鬼石で暮らした日々と、捕縛されて江戸送りとなったことを、訥々と語り始めた。

五

「つまるところ、その方は転びということじゃな。」

転びという言葉に、伊右衛門は動揺した。一瞬、江戸のキリシタン屋敷での出来事が脳裏に浮かんだのである。

『儂は、その方が転ばぬとて一向に構わぬ。ただ生涯をこの屋敷内で無為に過ごすことが、その方の信心を満たすことになるのかを問いたい。』

井上筑後守の言葉に、伊右衛門は無言のままだった。数日間にも及んだ苛酷な責め苦にも耐え、たとえそのために命を落とし、肉体が滅ぶことになっても、魂は天国《パライゾ》に召されるものと信じて疑わなかったのである。

『まあ良い。その方の肝の据わった振る舞いには、儂もほとほと感心したぞ。それでじゃ、その方に対面させたい御仁がおってな。まあ、会うて話だけでも聞いてみるのじゃな。』

筑後守はそう言って、伊右衛門を岡本三右衛門を引き合わせ、三右衛門は他の信者たちと同様に、絵踏みが形ばかりの作法で、神への信心とは無縁であることを切々と説いて聞かせた。

『主は自らの命を絶つことは厳しく戒めております。人の生き死には神が定めたものであり、人が自らの意志でそれを決することは、主の思し召しに反することにございます。

井上様の責め苦に耐え抜くことは、一見、神への忠誠心のようにも思われがちですが、それは大なる誤りでございます。神が与え給うた生を全うすることこそが、神の思し召しでございます。』

伊右衛門は頬を濡らしながら、三右衛門の言葉を聞き続けた。初めて対面する宣教師《パードレ》の言葉は、まるで神の啓示であるかのように、伊右衛門の心に響き渡ったのである。

『生きることです。生き抜いてここを出て、いつの日か出会うであろう同胞たちに、この私の言葉をお伝えください。そのことがあなた自身の使命と信じて。』

こうして伊右衛門は転びキリシタンとなった。しかしながらすぐに屋敷を出ることは叶わず、筑後守、続く北条能登守、そして渡辺大隅守と三代にわたって仕えることとなったのである。

「その方がキリシタンであったという証はあるのか？」

住職の言葉が、伊右衛門の追想を遮った。伊右衛門は懐から守り袋を取り出すと、固く閉じられた袋の紐を開け、中身を住職に差し出した。

「これは…。」

住職は一瞬にしてそれが十字架《クルス》であることが判ると、慌ててそれを伊右衛門へと突き返した。そして無言のまま本堂を出ると、伊右衛門を墓石が整然と並ぶ墓地へと案内した。

「その昔、沼田には東庵と申すイルマンがおってな。当時、真田家のご家中衆も多数、キリシタンになった者がいると伺っておる。その後、ご禁制の時代となってからは、全ての民百姓が仏門に入ることを強いられ、今日ではご領内全ての者がお釈迦様の宗門となっておる。」

　そう言いながら住職が案内したのは、小松姫の墓前であった。一際立派な宝篋印塔を見上げながら、住職が言葉を続けた。

「梵字で阿弥陀三尊、戒名は大蓮院殿と書いてある。ご存じのように大蓮院様は、関ヶ原の折、豊臣方に付いた真田昌幸公、幸村公の沼田入城を拒んだ女傑と伝えられておるが、その一方で、大蓮院様はここ正覚寺に陣を張っていた昌幸公、幸村公の元を密かに訪ね、まだ二歳の信政公と対面させたという心優しい逸話も残っておるのじゃ。」

　伊右衛門は無意識のうちに墓前で手を合わせていた。

「もし、もし大蓮院様がご存命であれば、この沼田藩の現況をどんなにお嘆きになられることでしょうか?またご禁制の時代であっても、真田家の家中に多数のキリシタンがおったということは、恐らく当時の藩主ご自身のお許しがあってのことと存じ上げます。」

伊右衛門は独り言のように呟いた。

「これらの墓石を見られよ。」

住職がそう言って指さす先には、家を象った灯籠型の墓石が並んでいた。

「この正面に開けられた部分には十字の飾り窓が彫られてあるじゃろう。ただそれと判らぬように十字の中央に丸窓を開けてみたり、十字を斜めに傾けるといった工夫が施されておるのじゃ。当寺は浄土宗の寺院じゃが、今でも異教の者、他宗派の者に対しても寛容で、キリシタンであった者たちも、こうして多数埋葬されているのじゃ。もしその方が同胞を探しているというのであれば、川場を訪ねられるが良かろう。そこは東庵が布教し、その後にフェルナンデスという神父が訪ねられた場所でもあるからのぉ。」

伊右衛門は礼を述べて正覚寺を辞すると、その足で川場へと向かった。

川場はかつては豊後の大友氏の荘園である利根荘の中心地であり、その大友氏はキリシタン大名となった大友宗麟の時代に最盛期を迎えるが、その子義統が朝鮮の役の失策で秀吉の逆鱗に触れて改易となる。その後、秀吉が亡くなった後に再び秀頼に仕えることとなるが、関ヶ原の敗戦により旧領を回復するという夢を絶たれ、最終的に常陸国に流刑となった。義統は慶長十五（一六一〇）年にその地で没することとなるが、程なく大友氏の旧領である川場に東庵が布教に訪れ、上州がキリシタンの聖地となったことに、伊右衛門は何か因縁のようなものを感じていた。

「転び」と呼ばれ、役人の手足として奉公してきた伊右衛門ではあったが、上州武尊の山並みが間近に迫るにつれ、自身の心の内での変化に気づき始めていた。それはまさに巡礼へと向かう信者たちの胸の高まりにも似たものであることを、伊右衛門自身がはっきりと自覚していたのである。

のどかな田園風景が広がる中、伊右衛門は気の向くままに村内を歩き回った。それは渡辺綱貞の命に従ってキリシタンの痕跡を探すというものではなく、伊右衛門は、道端のあちらこちらにある石仏に供えられた草花の一つ一つに、人々の想いを重ね合わせていた。それはかつて、伊右衛門が初めてキリシタンの教えに触れた時のような、素朴な感情にも似た想いであった。

五

やがて谷地とよばれる集落に入ると、伊右衛門は一際大きな石仏に目を留めた。

それは一見すると子育て観音のように、母親が幼子を左腕に抱きかかえているように見えるが、伊右衛門には、母親の頭部に掛けられた衣は、まるでマリア様の薄いヴェールのようにも思われた。そして幼子の頭髪は異人のように縮れており、伊右衛門にはそれがイエズスの幼い頃の姿そのものに見えたのであった。

伊右衛門はゆっくりとその場に跪くと、懐の守り袋をそっと握りしめた。じっと観音像を見つめていると、急に熱い想いが込み上げ、それが伊右衛門の頬を濡らしたのであった。

伊右衛門はその後も村内を歩き回り、谷地にある愛宕山へと登った。そこはまるで筍のように地面から突き出した小山で、その麓には諏訪神社が祀られていた。その横を通り抜けると、朱塗りの鳥居があり、そこから百段を優に超える石段が続いていた。伊右衛門は一歩一歩確かめるようにその石段を上り、頂上にある社へとたどり着いた。強い夏の日差しを受け、伊右衛門の顔からは汗が流れ落ちていたが、時折吹き抜ける風に心地好さを感じていた。

よく晴れ渡った視界の先には、子持山、榛名山、赤城山、そして間近に上州武尊の山並みを見渡すことができた。四方八方から降り注ぐ蝉の鳴き声は、いつしか伊右衛門の幼い頃の記憶を呼び覚ましていた。こうして生きていることへの喜び、生かされていることへの感謝の気持ちが、封印していたはずの伊右衛門の信心を、改めて呼び覚ましていたのである。

*

翌日、伊右衛門は思い切って、直接満里の元を訪ねることとした。

どこか落ち着かない様子で、伊右衛門は、満里が滞在しているという石墨村の神社の境内を彷徨い歩いていた。

内部の様子を窺いながら、時折聞こえてくるオラショの声に合わせて、伊右衛門も自然と小声で呟いていた。

やがて寄合が終わり、人々がそれぞれ家路につき始める頃合いを見計らって、伊右衛門は意を決して木戸を開けた。

そこには満里を囲んで数名の信者たちが残っていた。彼らは見知らぬ男の姿を見た瞬間、燭台や木製の十字架を慌てて木箱に押し込んだ。そして男の出方を固唾を呑んで見守ったのである。

伊右衛門はゆっくりと満里の方に歩み寄った。一同は黙ったまま男の言葉を待った。

「どちら様でしょう…?」

満里が声を掛けた。

「私は伊右衛門と申します。私は沼田に生まれましたが、沼田を離れてからもう三十年にもなりましょうか…。十五の春に鬼石の商家に奉公に出て以来、初めての帰郷ということになります。」

伊右衛門はそこで言葉を止めた。何やら話しにくそうな様子で、額の汗を拭っていた。

「私は鬼石で洗礼を受け、キリシタンとしてその教えをずっと守ってまいりました。ところがある日、武州に出稼ぎに行ったときに御役人に捕らえられてしまい、そこで棄教を迫られたのでございます。」

満里とそこに居合わせた者数名は、黙って耳を傾けていた。

「仲間うちの何名かは転んでしまいました。そして最期までそれを拒んだ者は江戸送りとなったのです。私には進んで江戸送りとなる覚悟もございませんでしたが、かといって主イエズスの顔に足を掛ける勇気もございませんでした。」

満里は自分が江戸で過ごした日々のことを思い出していた。

五

「結局、私は江戸の小日向にあるキリシタン屋敷で囚われの身となり、自らの意思で絵踏みを行ったにもかかわらず、以来二十年余り、ずっと屋敷内で過ごすことを余儀なくされました。数年前に満里さま、おまさまが屋敷を訪れた際にも、ご両人のお姿を遠巻きに拝見させて頂いたことがありました。その時、大目付の渡辺大隅守様からは、あの両名は沼田から参った者たちであると教えられたのでございます。」

満里には伊右衛門の心の痛みを、我がことのように感じ取っていた。

伊右衛門は一息つくと、さらに言葉を続けた。

「過日、将軍様が代替わりとなって恩赦が下り、私は幽囚の身を解かれ、こうして沼田に舞い戻ることができたという次第であります。可能であるならば信心を戻して頂き、再びキリシタンとして残された後半生を全うしたいと考えております。」

伊右衛門は自分の想いを一気に吐き出すと、祈るような仕草でゆっくりとその場に跪いた。

「伊右衛門どの、どうぞお立ちくださいませ。私は洗礼を授けられるパードレではありません。あなた様と同じ、一介のキリシタンに過ぎません。ですからあなたをキリシタンに立ち帰らせる術は存じ上げておりません。」

伊右衛門は跪いたまま、満里を見上げていた。

「私は江戸で一人のパードレとお話をする機会がありました。そのお方もまた長崎で絵踏みをおこない、表向きには転んだことになっております。ただ、そのパードレが申すには、信心は形ではなく、心の在り様であるとのことでございます。ですから心の内には主イエズスを想う気持ちと、主イエズスのように生きたいという覚悟がある限り、その者はキリシタンであり続けることができると申しておりました。」

「では私はどうすればよろしいのでしょうか？」

伊右衛門は困惑したような表情で満里を見つめていた。

「伊右衛門殿、儂はこの在の者で、この寄合を取り仕切っておる年寄りじゃ。儂らの仲間に加わりなされ。そして主イエズスの様に生きることを心掛けておれば、自ずと信心は戻ってくるじゃろ。」

村の長老が静かに伊右衛門に語りかけた。

こうして伊右衛門は、一人のキリシタンとして仲間に迎えられたが、当然のことながら、もう一つの密命を帯びていることを明かすことはなかったのである。

＊

沼田の城下町は真田信之が沼田に入った天正十八年にその町割りが本格化した。

城下町は城をめぐって武家屋敷があり、その外側に本町通りという大通りに沿って町屋敷が並んでいた。その目抜き通りの道幅は七間余りもあり、中央に用水路が引かれていた。

「中町」とよばれる一角のほぼ中央に、一際大きな店構えの商家があった。

沼田藩の御用達として薬種業を営む生方家であったが、妻入、板葺きの町屋造りであった。この商家の二階には四カ所、「真田窓」とよばれる窓が設えられていた。

一般的な位置よりもかなり高いところにある窓は、嫁いだ嫁が逃げ出さないためのものといわれているが、実際には冬の寒さを防ぐために「ぬりごめ」という壁の手法が用いられていて、そのために高所に窓が設けられたとのことである。

この家の先代は満里の父である東庵と懇意にしていて、東庵が出奔した後も、キリシタンの信者たちをよくまとめ、行事などを取り仕切っていたのである。

高野甚五左衛門、新兵衛父子もまた週に一度のお勤めを果たすために、この商家を人目を忍んで訪れていた。

商家の北側には仏間があり、そこが信者たちの寄合の場所となっていたのであった。東庵がこの地にキリシタンの信仰を伝えたのも、フェルナンデス神父がこの地を訪れたのも、公儀より禁制の触れが出された後のことであった。それでも人々は信仰を守り、およそ六十年もの間、日々の勤めや安息日、キリシタンの年中行事といったものを子孫に伝えてきたのである。

安息日になると、早暁の頃より信者たちが集まりはじめる。

生方家の当主は〈オマブリ〉と呼ばれる紙の十字架を鋏で切り出し、それらを枡形の木箱に入れ終わると、それを観音像の前に備えることで準備が完了する。

生方家に伝わる観音像も〈子育て観音〉とされているが、長い薄布を纏った観音様は明らかにマリア像であり、その手に抱かれた縮れ髪の幼子はイエスに他ならなかった。

信者たちがオラショを唱える〈申し上げ〉は、通例は「きりや（憐れみの賛歌）」、「ぱちりのちりり（主の祈り）」、「まめまりあ（天使祝詞）」を六回繰り返した。

満里も定期的にこの寄合に加わり、一緒にオラショを唱えた。やがてその輪の中に伊右衛門が加わるようになり、かつて転んだという事実を封印するかのように、誰よりも熱心にオラショを唱えていたのである。

＊

沼田藩の大半は山岳地帯であったが、そのほとんどが人の踏み入ったことのない深山であり、「御用材」の切り出しは難儀を極めていた。そしてせっかく切り出した欅の大木も、その大部分にうろ（空洞部分）が入っていて材木としては用をなさず、信利は延宝八年十月までとされた期日に間に合わせることができず、翌延宝九年の三月まで期限を延期して欲しいとの訴えを老中に起こすこととなった。

こうして信利は領内の十五歳から七十歳までの男子を残らず山に追い立てることとなったのである。

寛文年間に行われた「拡大検地」により領民たちに重くのし掛かってきた年貢、そして度重なる飢饉、これに「御用材」の切り出しという夫役が加わった。

男は家を空けたままで山に籠もり、残った女子供たちだけで全ての農作業をこなさなくてはならなかった。

満里の元に集う者たちも、必然的に女子供と年寄りだけとなった。男たちのために僅かな米も供出され、その生活は一層の困窮を極めた。領内でも「間引き」が横行するようになり、満里は赤子が生まれそうだという家を訪ねてはそれを強く戒め、穀類を差し入れた。

ある日、満里は赤子の泣き声で目覚めた。急いで板戸を開けると、粗末な木綿にくるまれた「赤子」が戸口の前で泣いていた。満里が慌てて両手で抱き上げると、程なく赤子は泣きやんだ。しかし満里は自ら授乳することはできなかったので、隣家の若い農婦を訪ねた。半年ほど前に子供を産んだばかりの農婦は満里の申し出を快く引き受け、その豊満な乳房を赤子に与えた。

「それにしてもどこの小童だっぺか?」

農婦は小鼻を膨らませながら呟いた。

「まだ生かされているだけ、この子は幸せかもしれません。」

満里は乳首を咥えたまま眠りに落ちた赤子の頬をそっと撫でた。

「これからこの子はどうするだっぺか?」

「しばらくの間、この子が乳離れするまで、面倒を見ていただけないでしょうか?」

五

「おらがか？」

農婦は目を丸くした。

「亭主に聞いてみんと何とも言えんが、当分の間は山に入ったままで帰って来られんで、しばらくは預かっても構わんだっぺ。」

豪快に笑う農婦を見ながら、満里は静かに頭を下げ礼を述べた。満里はその時、その赤子を自分の子供として育てていこうという決心を固めていたのである。

満里は高野新兵衛に相談を持ち掛け、新兵衛の計らいで城下の外れに一軒家を借り受けた。満里はそこを乳飲み子のための養育施設とした。男手のない野良仕事を懸命にこなす農婦たちのために、日中は子供たちを預かり、当番を決めて乳母役を務めて貰った。そして満里も日中は彼女たちの食事や洗濯の世話を焼き、その生活の糧を稼ぐために、夜は機を織った。

誰もが生きることに必死で、死に物狂いで働いてはいたが、もはやその生活は限界に近づいていた。

満里は日々祈った。信徒たちと共に祈りを捧げた。

遠い昔、圧政に苦しむ民のもとに主がイエズスを遣わしたように、いつしかこの惨状から我らを救い出してくれる日が訪れると信じながら…。

　そんなある日、農婦が満里に問い掛けた。

「満里さま、教えてくだせぇ。本当に神さまはおるのじゃろうか？おら達がこんなに苦しい目に遭っているのに、神さまは何もしてはくださらぬ。キリシタンの神さまは遠くの国にお住まいだから、おら達の願いが届かんのと違いますか？」

「おらも同じことを考えておった。おら達の祈りは本当に神さまに届いておるのじゃろうか？」

　別の若い農婦が答えた。女たちは堰を切ったように神への不信や不満を口にした。

　満里は女たちの放言が一段落するのを待って、ゆっくりと口を開いた。そして以前、江戸のキリシタン屋敷でパードレから教えられた言葉を語り出したのである。

「それでは皆さまにお伺いいたします。我らの神はどこに居られるかご存じでしょうか？」

　満里はゆっくりと一人一人の顔を覗き込んだ。

「そりゃあ、天国だっぺ。おらは生まれてからずっとそう教えられてきただ。」

「だども、その天国がどこにあるかってことじゃろが…。」

「天国は空の上、雲よりももっともっと上にあると信じてきただが…。」

「満里さま、教えてくだせぇ、天国がどこにあるのかを。」

　満里はその時、以前江戸のキリシタン屋敷でパードレから掛けられた言葉の一つ一つを思い出していた。そしてゆっくりと、その言葉を語り出したのである。

「私は以前、江戸に召された時に、一人のパードレと対面いたしました。そのパードレは私に向かってこう問われたのです。神はどこにいるかと。」

　一同は満里の言葉をじっと待っていた。満里は言葉を続けた。

「私も天国にいると答えました。すると再び問われたのです。ならば天国は何処にと。私は答えに窮しました。するとパードレは真っ直ぐに私の方を指さし、こう言ったのです。神は心の内に住まわれていると。」

「どういう意味じゃろう？儂にはよう分からんです。」

「パードレは申しました。心の内なる神に祈りなさい。神はあなたがたの良心の中に住まわれていると。主イエズスもこう申しております。信じる者は救われると。つまりは、私たちは神の存在を信じ、神のお姿を心の内に置き、心の内なる神と対話をすることで、悩みや苦しみから魂が救済されるということなのです。」

「難しい話じゃが、何となく分かるような気もするのぉ。」

「パードレは拷問によって無理矢理転ばされ、何十年もの間自由を奪われ、屋敷に監禁されてきましたが、パードレ自身も、ようやく最近になって内なる神の声を聞けるようになったとのことでございます。」

「満里さま、改めてお伺いいたしますが、主は我らをお救いくださらぬのか？」

「主はこうも申しております。汝の敵を愛せと。私たちにとって敵とは誰のことでしょうか？」

「それは申すまでもございません。お殿様、真田伊賀守様でございましょう。」

「皆さまにお伺いいたします。あなた方は伊賀守様を心の底から憎んでいらっしゃいますか？」

「そりゃあ、憎むなって言ったって、無理というものでございましょう。儂らに重い年貢を課したのも、農繁期に山に駆り立てたのも、どちらも伊賀守様のご意志でございましょう！」

「かつて主イエズスは、こう申したそうです。敵を愛し、自分を迫害する者のために祈りなさいと。神は悪人にも善人にも太陽を昇らせ、正しい者にも正しくない者にも雨を降らせてくださるとも仰っておられます。」

「儂らに、殿様のために何を祈れというのですか？ この行き場のない怒りから、何を祈るのです？」

「何を祈るのかは、それぞれがお考えになられることですが、ただ一つ私が申し上げることができるのは、憎しみや恨みからは何も生まれないということと、そのような悪感情は決して神の思し召しには叶わぬということです。」

「神や主イエズスへの願いが叶わぬというのなら、直接ご公儀に訴えるというのはどうでしょうか？」

「直訴をいたすということでしょうか？」

「はい、その通りにございます。」

「誰がやるのじゃ？」

「誰かがやらなけりゃあなるまい。」

一同は急に押し黙った。視線を地べたに落としたまま、互いに視線を合わさぬようにしていた。

＊

この頃、沼田藩では、複数の領民たちによる直訴があったと伝えられている。

その一人は、政所村の名主である松井市兵衛で、延宝九（一六八一）年に御公儀の使番である櫻井庄之助に直訴を試みたが捕縛され、政所村の利根河原で斬首されたという。

もう一人は、月夜野村の名主である杉木茂左衛門で、こちらは江戸に出向き、輪王寺の家紋の入った文箱に直訴状を入れ、板橋宿の茶屋にわざと置き忘れるという算段で、直訴状は首尾よく将軍綱吉の手に渡ったとされている。

しかしながら当時は、直訴は重罪とされていて、江戸から戻ったところを役人に捕縛され、妻や子供たちと共に、月夜野村の利根河原で磔刑に処せられたと伝えられている。

六

―― 延宝九（一六八一）年　春 ――

結局、延期期限として定められた三月を過ぎても、沼田藩が請け負った分の「御用材」の切り出しを終えることはできなかった。

真田信利が頼りとしていた大老酒井忠清は、将軍綱吉に疎まれ、前年の十二月に大老職を解任されていた。表向きは病気療養とされていたが、延宝九年一月には上屋敷の返納を命じられ、嫡子である忠明も従来の役儀を解任されるなど、明らかに「下馬将軍」忠清の権勢を削ぐ動きが加速されていた。

忠清の叔母に当たる松仙院が、信利の父信吉の正室であったために、忠清はこれまで沼田藩には様々な便宜をはかってくれていたのだが、この年の五月、ついに五十八歳の生涯を閉じることとなった。

完全にその後ろ盾を失った信利は、再三にわたって公儀に期限の延長を求めたが入れられず、反対に信利は公儀からの召喚を受けることとなったのである。

酒井忠清の遺骸を入れた棺が江戸を発ち、菩提寺のある前橋藩に向かうのと入れ替わるように、信利一行が江戸に出立していたのである。

事件は、その信利の不在中に起こった。

キリシタンの安息日と定められた日の早朝、いつものように高野甚五左衛門、新兵衛父子、そして満里、伊右衛門が生方家を訪れていた。

木箱の中には小さく切り揃えられた紙の十字架《オマブリ》が入れられ、子育て観音を模した聖母子像の前に灯明が供えられていた。

集まったキリシタンたちはおよそ十数名。仕切り役である生方家の当主の合図で、オラショが始まった。ちょうど一番鶏の声が黎明に響き渡ったその時、突然、けたたましく木戸をたたく音がした。

「高野様！高野様！ここをお開けくださいませ！」

押し殺したような低い男の声が、戸外から聞こえてきた。

新兵衛は落ち着いた様子で聖母子像を木箱に収めると、慣れた手つきでそれを行李に収め、押し入れの中にある他の行李に紛らせた。他の者たちは十字架の入った木箱に蓋をして、茶箪笥の引き出しの中にはめ込んだ。万が一のための手順は何度も繰り返されており、ほんの僅かな合間に、何事もなかったように部屋の内部を取り繕うことができたのである。

新兵衛が一同に向かってゆっくりと頷き、入り口の木戸の鍵を開けた。

僅かな隙間から、役人風の侍が体をすり込ませてきた。

「市之丞ではないか！何用じゃ！」

男は小普請役を勤める日置市之丞であった。彼もまた、以前はキリシタンとしてこの輪に加わっていたが、その叔父が藩の宗門改役に任じられたため、自然と距離を置くようになっていたのであった。

新兵衛は用心のために刀の鍔に手をかけながら、市之丞を睨みつけていた。

「新兵衛さま、突然の訪問、ご無礼をお許しくださいませ。間もなく役人たちがここを取り囲む手筈となっております。そうなったら、皆様の逃げ場はございません。今のうちに早くお逃げくださいませ。」

男は戸口にいた甚五左衛門の手を取ると、新兵衛ともども戸外に出るように急がせた。

新兵衛は奥で座ったままの満里に向かって言った。

「急ぎましょう。今ならまだ間に合います。」

満里は落ち着き払ったまま、その場を動こうとしなかった。

「皆様は早くこの場をお立ち退きくださいませ。私はここに残ることといたしましょう。」

「なぜですか？」

新兵衛は少々苛立ちながら満里の答えを待った。

「私がここに残らなければ、お役人衆は納得されないでしょう。お役人が目をつけているのはこの私でございます。私が捕まらなければ、役人衆は家捜しをして、この家の方々を問い詰めることになるでしょう。」

新兵衛は押し黙ってしまった。満里が再び捕らえられてしまったら、またしても牢獄に入れられてしまっては、これまでの労苦が水の泡となってしまう。何としても満里を守らねばならぬという強い思いがあった。

「私に考えがございます。」

その時、伊右衛門が新兵衛の前に立ち、おもむろに言い放った。

「皆さま、一刻の猶予もございません。私を信じて、私の指示に従ってください。」

一同は固唾を呑んで、伊右衛門の次の言葉を待っていた。

*

役人衆が現場に駆けつけると、生方家の木戸の前に勢揃いした一行の姿があった。

満里は両腕を後ろ手に縛られ、その傍らには荒縄を握る伊右衛門が立っていた。

甚五左衛門が大きな咳払いをしてから、役人たちに声を掛けた。

「お役人衆、お役目ご苦労である。」

その様子に驚いたのは役人たちであった。

これから家に踏み込み、キリシタンを一網打尽にしようと身構えていたところに、無抵抗どころか、すでに縄を掛けられている姿で満里たちが待っていたのである。まるで狐につままれたような顔をしながら、その場に立ちつくしていた。

新兵衛が声を張り上げて、役人たちに状況の説明をはじめた。

「こちらにいらっしゃる方は、ご公儀の大目付、渡辺大隅守さまの名代にあらせられる。城下のキリシタンの動静を探るため、そしてこの満里の動静を監視する目的で沼田に罷り越されておられる。」

新兵衛は少し顎を突き出して、上目遣いで役人たちを、一人一人ゆっくりと見渡した。

役人たちは呆気にとられたようにそれぞれに顔を見合わせ、その場に片膝をついて、恭しく頭を下げた。

「お役人衆、そう硬くならんでも良い。私は大目付さまからある密命を受けて沼田にやって来た者である。この満里という女は、ご存じのようにキリシタンである。三年前、この者は江戸に召還され、大目付の渡辺大隅守様の御前で、キリシタンではないという証を立て、姉と共に沼田に帰ることが許されのである。」

満里は神妙な面持ちで、伊右衛門の言葉を聞いていた。その顔は諦めたように無表情であった。伊右衛門は言葉を続けた。

「さて、私は大目付さまにこの者の動静を探るように命じられ、沼田にやって来たのである。しかしキリシタンどもはなかなか尻尾を掴ませてはくれず、確たる証拠を掴めないままに無為に時が流れていったのである。そこで私は協力者を求めた。それが高野新兵衛さまである。」

役人衆は先ほどよりもさらに驚いたような表情を浮かべた。それもその筈、満里と共にいた場合は、高野甚五左衛門、新兵衛父子も捕らえてくるようにとの命を受けていたのであった。

「お役人衆、これをご覧いただこう。この満里という女が所持していた物である。」

そう言って伊右衛門は自らの懐から浅い瑠璃色の袋を取り出した。

「見ての通り、これは懸守であるが、袋の中身を改めて頂きたい。」

役人の一人がそれを受け取り、固く閉じられている紺色の紐を解いた。中からは鈍い銀色の光を放つ十字架《クルス》が現れたのである。

一同は、一瞬息を呑んだ。キリシタンは勿論、仏を信仰する役人たちでさえも、その存在そのものに、一種の神々しさを覚えたのであった。

「ご覧いただいたように、これはキリシタンが身につける十字架《クルス》である。これを所持していたということは、この女が今なおキリシタンであるとの確たる証拠。大目付さまが睨んだ通り、この女は周囲の者たちをたぶらかし、同胞を増やそうと企んでおったことも明白。」

伊右衛門は言葉を続けた。

「明朝、私はこの女を伴って江戸に向かうことになっており、その旨は早飛脚を送って大目付さまにも知らせてある。」

役人たちの拍子抜けした顔が並んでいた。

「今夜はこのまま高野様のお屋敷に留め置き、明日の朝、早駕籠で江戸まで送らせていただく手筈となっておる。では高野様、早速貴殿のお屋敷にご案内いたしましょう。」

伊右衛門の言葉に促され、役人たちは道を開けた。

高野甚五左衛門が先頭に立ち、続いて満里、その両手から延びる縄を手にした伊右衛門と続き、しんがりは新兵衛が務めた。

その時、役人の一人が声を掛けた。

「お待ちくだされ！」

一行が立ち止まって振り返ると、一人の若い役人が伊右衛門の前に立ちはだかった。

「伊右衛門さま、ご無礼をご承知で申し上げます。この女を江戸にお連れすることに異議はございません。ただここに集まっている者共は明らかにキリシタンでございます。このままゆめゆめと見逃す訳にはまいりません。」

「もっともな話じゃ。」

突然、甚五左衛門が二人の間に割って入った。

「ただ殿の留守中に大勢のキリシタンが発覚したとなると、殿の監督不行届きが問われることになるやもしれぬ。ただでさえ木材の遅延の申し開きで江戸に参っている殿のお立場を考えると、今、ここで騒ぎを起こすのは得策ではあるまい。」

若い役人はじっと甚五左衛門を見据えていた。

「伊右衛門様、いかがでございましょう。先ほどこの女から取り上げたクルスをこの者たちに踏ませてみるというのは。踏めばキリシタンではないという証を立てたということで、ここで見聞きしたことは不問にするという条件で。」

甚五左衛門は一人一人の顔を見回しながら、目配せを送った。

「よろしいな、お役人衆！」

若い役人はゆっくりと頷いた。

甚五左衛門は伊右衛門からクルスを受け取ると、それを無造作に一同の前に投げ捨てた。

それに真っ先に反応したのが生方家のご隠居であった。無表情のまま、少しも息を乱すことなく草履でクルスを踏みつけてみせた。

そして生方家の当主、細君、子供たち、使用人とそれに続いた。

「これでご納得いただけましたでしょうか、伊右衛門様。」

甚五左衛門は役人ではなく、伊右衛門に向かって問い掛けた。

「よろしいでしょう。私が大目付さまにご報告するのは、この女が尚もキリシタンであったということのみで、沼田ではキリシタンが絶え果てたということを伝えましょう。」

満里も、そして甚五左衛門も新兵衛も、それぞれが一同の痛みを感じながら、目を逸らすことなく、一部始終をただじっと見守っていた。満里は溢れ出る涙を堪えることができず、伊右衛門は唇を固く噛みしめていた。

それぞれが心の中で、オラショを何度も何度も唱えながら…。

七

時を同じくして、幕府内部でも深刻な問題が持ち上がっていた。

延宝七（一六七九）年、越後国高田藩で起こったお家騒動に、将軍に就任したばかりの綱吉が再審の決定を下したのである。

このお家騒動は将軍家綱の時代に幕府の裁断が下り、既に落着した一件であった。当時、この騒動を裁いたのが「下馬将軍」と称された大老酒井忠清であった。この忠清は家綱が危篤となると、その後継者として徳川家と縁続きであった有栖川家の幸仁親王を宮将軍として強く推していたため、将軍綱吉が誕生すると間もなく大老職を解かれ、その翌年に突然に亡くなった。密かに毒を盛られて殺されたとも、抗議の自害であるとの噂も流れた。

綱吉は高田藩を改易とし、その家老には切腹を命ずるという厳しい処分を下した。その結果、その裁定に関わった忠清の嫡子酒井忠挙《ただたか》を逼塞処分とし、同じく忠清一味と目され、水面下で宮将軍誕生を画策したとされる大目付の渡辺綱貞もその職を解かれることとなった。そして処分が下るまでの間、綱貞に対しても蟄居が申し渡されたのである。

この事実は伊右衛門自身も把握しておらず、満里と共に上京した時にはじめてその事実を突きつけられたのであった。

綱貞の身柄は上屋敷ではなく、麻布の抱屋敷に移されていた。この頃の麻布は江戸の町外れで、田畑や雑木林、町屋なども立ち並ぶ閑散とした土地であった。坂と寺院の多い屋敷地でもあり、「狐坂」「狸坂」などと獣の名前もつけられていた。また付近には木々が鬱蒼と生い茂る沼地もあり、綱貞の屋敷近くの沼は「がま池」と呼ばれていた。

伊右衛門と満里は御用聞きを装って屋敷の裏木戸へと廻り、屋敷に潜り込むことに成功した。

二人は侍女に案内され、昼間でも薄暗い小部屋へと通された。庭に面した障子戸から仄かな明かりが差し込み、床の間に飾られた一輪の生け花以外、調度品は何もない、いたって質素な部屋であった。それでいて満里は、何かほっとするような安らぎを感じていた。

「これは何とも不思議な巡り合わせじゃのぉ…。それにしても良くもまあ、こんな物の怪屋敷を訪ねて来てくれたものじゃ。」

七

綱貞は目を細めながら満里たちを出迎えてくれた。伸び放題になっている髭と、月代にまばらに生えた白髪混じりの髪が、綱貞を大いに老けさせていた。

「お久しゅうございます。」

満里は両手をついて深々と頭を下げたまま、対面の礼を述べた。

「あの時も、其の方は深々と頭を下げたままで、儂が何度促しても顔を上げなんだったな。」

綱貞は遠くを見つめながら、初対面の場面を思い浮かべていた。満里もまた、あのキリシタン屋敷の風景が、記憶の彼方に甦っていたのである。

「伊右衛門、お前には沼田藩とキリシタンの探索を命じた筈なのに、なぜこの者に付き添っているのか解せないな。」

綱貞はそう言って含み笑いを浮かべた。

「面目もございません。江戸に向かう直前に、満里さまには全てを打ち明けました。その上で改めて殿にお願いの儀がありまして、参上した次第であります。」

「まあ待て。そう急くでない。客人をもてなす茶くらいは儂に点てさせてくれ。」

綱貞は声を立てて笑いながらそう言うと、手際よく茶筅を廻した。

手許に茶碗が置かれるのを待って、満里はゆっくりとそれを口に運んだ。これまでに飲んだどんな茶よりもほろ苦かったが、後から甘みと旨みが口の中に広がることに感動を覚えていた。

「殿、本題に入る前に、私は殿に申し上げねばならないことがございます。」

思い詰めたような伊右衛門の額からは汗が噴き出していた。

「殿、私めはキリシタンに立ち帰ってございます。」

伊右衛門は言葉を絞り出した。

「そうか…、儂は多分、そうなるじゃろうと思うていたわ。」

それ程驚いたという様子も見せることもなく、綱貞は素っ気なく答えた。

「本日はお願いがあって参りました。」

満里は思い詰めた様子で切り出した。

「わかっておる。大抵のことは伊右衛門からの知らせで掴んでおる。沼田の真田伊賀守のことじゃろうが、その領内での苛政の噂はご公儀にも聞こえておる。既に何通かの訴状も届いておるのじゃ。」

「そのことに対して、どうしてご公儀からは何のお沙汰も、お咎めもないのでございましょうか?」

伊右衛門は少々詰問するような口調となっていた。自身、沼田の窮状を度々訴えてきたため、何とも歯がゆい思いを抱えていたのである。

「そちはすっかり沼田贔屓になってしまったのぉ…。どちらの側の人間なのかわからぬわ。」

綱貞は呆れたようにそう言って片笑んだ。

「さて本題に入ろう。其の方らがあれこれと動かぬとも、間もなく沼田藩には厳しい処置が下されることとなっておる。」

満里も伊右衛門も事情を呑み込めないといった様子で、綱貞の言葉を待っていた。

「伊賀守が江戸両国橋の御用材の切り出しを請け負ったものの、期限に間に合わなかったことは知っておろう。ご公儀はその期限を一度繰り延べてやったのだが、その期限にも間に合わなかったのじゃ。一度ならずとも二度も期限を先送りして欲しいとの上申書が出されておるが、上様がこれを突っぱねて、伊賀守を召喚することにしたのじゃ。」

満里も伊右衛門もその事実に耳を疑った。

「それにもう一つ。伊賀守の母親は酒井忠清様の叔母に当たるため、酒井家との結びつきも非常に強いのじゃ。忠清様が権勢をふるっていたご時世は、その庇護のもとで伊賀守も勝手気ままに振る舞っておったのだが、上様が将軍にお成りになると、上様は、儂も含めて、酒井様との繋がりのある者をことごとく身辺から遠ざける方策に出たのじゃ。酒井様も儂も、上様が将軍にお成りになることに強く反対をして、宮将軍を擁立しようと試みたことは当然上様の耳にも届くこととなり、酒井様の取り巻きはことごとく毛嫌いされ、あれこれと理由をつけては処分が下されておるのじゃ。」

そう言うと、綱貞は自嘲気味に笑った。

「何れにせよ、間もなく沼田藩にも厳しい処分が下されることとなる。いずれにしても今の状況よりは、領民たちの暮らし向きは良い方向へと向かうこととなるじゃろう。もうしばらくの辛抱じゃ。」

満里はその言葉を聞けただけでも、江戸に来たことは無駄ではなかったと感じていた。満里が再び沼田に帰り着く頃には、あるいは大きな変化が見られるやも知れなかったのである。

「それはそうと、実は其の方に話しておきたいことがあってな。」

綱貞は再び真剣な表情で満里を見つめた。

七

「其の方の父親のことなのだが…」

満里は身構えた。

謹慎中の身とはいえ、少し前までは、江戸町奉行、あるいは大目付、宗門改役としてキリシタン取締りの先頭に立ってきた奉行でもある。

「そうあらたまらんでも良い。儂はお役目としてではなく、個人的な好奇心から其の方の父の行方や素性を穿鑿したまでだ。どこで生まれ、どこで洗礼を受けてキリシタンになったのか、そしてなぜ沼田にやって来たのか、そこから何処へ去ったのか、それを突き止めたいという興味本位からなのじゃ。」

満里は少し安堵の表情を浮かべながら、綱貞の言葉を待っていた。

「実はな、儂の前任であった井上政重様が、その辺りを随分と探っておったようじゃ。捕らえられたバテレンやキリシタンを詮議する際には、必ず東庵の名を知らぬかと問うていたそうじゃ。そしてある程度其の方の父の素性を掴んだ上で、全国に東庵の探索令を出したとのことである。しかしながら、明暦年間に起こった大火でその証拠文書を粗方焼失してしまったとのことである。」

綱貞は言葉を続けた。

「それでも儂は諦めきれず、あらゆる伝をたよって情報を仕入れたのじゃ。長崎奉行からも情報を得、井上様と同様にキリシタン屋敷に送られてきたキリシタンたちは残らず詮議したのじゃ。その上で其の方らを呼び寄せた経緯は知っておろう。そんな中で、複数の「トウアン」という名に行き着いたのである。」

「トウアン」という名を聞き、満里は自身の心の鼓動が早鳴るのを感じた。

「太閤秀吉公の時代、長崎を支配していた代官に村山等安と申すキリシタンがおった。この等安という名はアントニオという洗礼名をアントンと略し、これを秀吉公が逆さにして命名したと伝えられておる。この等安の一族はこぞってキリシタンとなり、中でもフランシスコという次男は教区司祭という要職を務めていたとのことである。そして家康公が禁教令を発すると、このフランシスコは他のパードレや名のあるキリシタンと共に、国外追放を命じられたのじゃ。」

満里は綱貞の言葉の中に、父の手がかりになりそうなものはないか探していた。

「ところがこのフランシスコは長崎を出航した後、父親の手引きで密かに舞い戻り、大胆にも再び布教活動を始めよった。ちょうどその頃、大坂で豊臣方と徳川方の合戦が起こってな、そのフランシスコは父等安と共に大坂方に武器や弾薬などを送り込んで、豊臣方を支援したとのことじゃ。フランシスコは自ら大坂城に乗り込んで、多数のキリシタン浪人たちを引き込んで、籠城をしたそうじゃ。儂はそのフランシスコという人物がなぜか気になってな。」

満里は、遠い記憶の中で、父が〝フランシスコさま〟と呼ばれていたような気がしていたが、そのこと自体は確証がなかったため、言葉を呑み込んだ。

「そのフランシスコは父と同じトウアンを名乗っておってな。しかも〝東〟に〝庵〟という名で記録に残されておる。」

満里は緊張と期待で、胸は早鐘を打つようになっていた。そのフランシスコが父であって欲しいとの期待が切なる想いになっていたのである。

「だがな、そのフランシスコ東庵なる人物は、残された記録によれば大坂の落城と共に命を落としたと伝えられておる。大坂城の落城の際に、天守台から飛び降りて自ら命を絶ったとも言われておる。その父である村山等安もその数年後に一族郎党と共に江戸送りとなり、全員が処刑されておるのじゃ。」

満里の期待は急速に萎み、大きな溜息が漏れた。身近に迫りつつあった父の気配が、唐突に霧散してしまったのである。

「だがな、話はこれで終わりではない。儂はそもそもキリシタンである東庵が自ら命を絶ったというくだりに疑問を抱いたのじゃ。キリシタンはその信仰に殉じることはあっても、自ら命を絶つということは禁じられているからじゃ。そもそも一介のキリシタンが天守台におったということ自体が胡散臭い話じゃ。その後調べていくと、大坂落城の際に、多くの者どもが城を脱出し、その中には沢山の宣教師もおったということがわかった。中でも福島政則公の家臣に佃又右衛門という者が、多くの宣教師らを救い出したという風説が伝わっておる。この者は熱心なキリシタンでな、ポルロという高名な神父を救い出し、その後神父は東北地方へと布教をおこなったとのことじゃ。」

「では、フランシスコさまもその中に…。」

「わからぬ。残念ながら、脱出した宣教師やキリシタンの中にフランシスコ東庵という名は残っておらぬ。」

満里の中で、朧気なる存在でしかなかったフランシスコという人物の顔が、いつの間にか父の姿と重なっていた。

甲冑に身を纏っていたのだろうか、それともキリシタンとして殉じるための覚悟の装束だったのか、満里の頭の中で、父東庵の姿が次第次第に鮮明に浮かび上がってきた。

七

「儂があれこれと調べているうちに、もう一つの真実に突き当たった。それはな、ベント・フェルナンデスという名の神父もまた、大坂城内に居たということじゃ。イエズス会の記録によれば、フェルナンデスはもう一人のイエズス会司祭と共に、大坂城に居て、その後大坂城を脱出したとのことじゃ。それから数年後に沼田にフェルナンデスが訪れるのだから、おそらくもう一人のイエズス会司祭も生き延びたと考えるのが自然じゃろうて。」

「これはあくまでも儂の推測ではあるが…。」

綱貞はゆっくりと前置きをしてから、話を続けた。

「沼田におった東庵、すなわちその方の父は、イルマン同然と記録されていることから、キリシタンのパードレではないと思い込んでいたのじゃ。だがな、イルマン同然というのは記録を残した者たちの伝聞であって、キリシタンとしての格はそれ以上の場合も、それ以下の場合もありうる。つまり東庵がパードレであったと仮定すれば、もう一人の司祭が東庵であった可能性も残るというものじゃな。フェルナンデスと東庵が大坂で顔を合わせていたとなれば、フェルナンデスが沼田にやって来た理由も合点がいくというものじゃ。」

綱貞は一呼吸置いて、話を続けた。

「そしてもう一つ。其の方の父東庵がなぜ沼田の地を選んだのかを考えてみたのじゃ。仮にフランシスコが其の方の父であり、大坂落城後も存命であったならば、その父である村山等安が江戸に連行された時、必ずや江戸に向かった筈じゃ。そして父の最期を見届けた後に、足尾銅山に向かう鉱夫に紛れて江戸を離れたのではないかとの推測も成り立つ。」

綱貞の話を聞きながら、満里は頬を濡らしていた。江戸で殉じた村山等安に祖父かも知れぬという想いを重ねていたからである。そして鉱夫として粗末な衣服を纏った父の姿にも思いを馳せていた。

「だが儂は、東庵の目的は足尾ではなく、初めから沼田であったと考えておる。自らの素性と足跡を消す目的で、鉱夫に紛れて足尾に行ったのじゃろう。昔から鉱夫の仲間内では、一度盃を交わせば、たとえ罪人であってもその身を守ってくれるという鉄の掟があってな、キリシタンにとっては格好の隠れ場所であったといわれておるのじゃ。」

「でもなぜ、初めから沼田をめざしたと思われるのでしょうか?」

満里は疑問を口にした。足尾から沼田はそれ程の距離ではなく、伝導のためにたまたま沼田を選んだとしても何ら不思議ではなかったからである。

「大坂城に籠もった浪人衆の中には、関ヶ原で敗れたキリシタン大名の遺臣も数多くおってな、そのために村山一族は危険を顧みずに援助を惜しまなかったのじゃろう。」

まだ満里の疑問は解かれなかった。なぜ沼田なのか…。

「大坂の役の頃、沼田を治めていたのは真田信之公であったな。」

「はい。そうでございます。」

沼田藩の礎を築かれた信之公やその妻小松姫の話などは、満里も幼い頃より度々聞かされていた。

「関ヶ原の折、真田家が親子兄弟が袂を分けて競ったことは有名じゃが、大坂の時もまた同様のことが起こっておるのじゃ。」

満里と伊右衛門は、共に一人の人物に想いを馳せながら、固唾を呑んで綱貞の言葉に耳を傾けていた。

八

―― 慶長十九（一六一四）年　冬 ――

京都方広寺の鐘銘問題をめぐり、大坂の豊臣方と江戸の徳川方の関係は抜き差しならぬ事態に陥っていた。

豊臣方は秀吉の遺した莫大な金銀で全国各地の浪人たちを誘い込み、大坂城の周辺は十万ともいわれる浪人たちで溢れかえっていた。

その浪人衆の中に、キリシタン大名であった明石全登がいた。全登はもと宇喜多秀家に軍師として仕えていたが、秀家が関ヶ原の役で改易となってからは、同じキリシタン大名であった黒田孝高の庇護を受けていた。孝高の死後は、息子の黒田長政が棄教してキリシタンを弾圧したために、柳川藩の田中忠政を頼ったと伝えられている。

全登は一時、長崎の代官村山等安の元に身を寄せていたことがあった。

全登の大坂への入城が決まると、等安は必要な武器、弾薬、食糧といったものを息子のフランシスコ東庵に命じて大坂へと運ばせた。

後に「冬の陣」とよばれた合戦では豊臣方と徳川方との間で和議が結ばれたが、徳川方の策謀により、外堀はもとより内堀までもが完全に埋め立てられ、難攻不落と謳われた大坂城は裸同然の状態となっていたのである。

『籠城では勝ち目がない』

全登は城の外に討って出ることを強く主張した。全登と意見を同じくしていたのが真田幸村（信繁）であった。

関ヶ原以降、父昌幸と共に九度山に流されていた幸村も、最後の決戦の場を求めて大坂城に入城し、「冬の陣」ではその華々しい活躍により、徳川方からは、徳川に与すれば信濃一国を与えようという破格の待遇が示されるほどであったという。


――慶長二十（一六一五）年　夏――


そして「夏の陣」が始まった。

徳川方は河内方面、大和方面、さらには紀伊方面から大坂城へと迫る。これに対し、豊臣方は大和方面から迫る軍勢に攻撃を集中すべく、初めに後藤基次ら六千の部隊が先陣を切り、そして毛利、真田の一万二千の部隊がこれに続いた。

ところが後詰めの毛利、真田が道明寺口に到着する前に、徳川軍との合戦が始まり、明石全登らが到着した頃にはすでに後藤隊は壊滅状態となっていたのである。

その後、遅れて到着した幸村率いる部隊は、伊達政宗の家臣片倉重長と戦闘を交え、しばらく膠着状態が続いた後、幸村らは一旦、大坂城内へと引き上げることとなった。

＊

「東庵殿、待たせたな。」

そう言って幸村がどっかと腰を下ろした。六文銭をあしらった深紅の甲冑を身に纏っている。

実際の齢は四十半ばであったが、関ヶ原以来、高野山での永の幽閉生活により、その風貌はすっかり初老の域に達していた。しかしながらその眼光は鋭く、最期の決戦に臨む覚悟を宿していた。続いてもう一人の武将、明石全登も無言のままその傍らに座った。

「さて、儂は明朝、この城を出て、茶臼山に陣を構える予定じゃ。全ての壕を埋め立てられ、裸同然となった城に籠城しても勝ち目はない。いや、城を出て戦ったところで、もはや徳川の天下を引っ繰り返すことはできまい。しかしながら儂は自らの死に場所を求めて、乾坤一擲、徳川勢との、いや、家康との最期決戦に挑む所存じゃ。東庵殿、ここまで城が持ち堪えられたのも、ひとえに東庵殿のお陰じゃと思うて心より感謝しておる。」

幸村はそう言って東庵の前に丁寧に両手をついた。

「何とも勿体ないお言葉にございます。」

東庵は慌てて両手をついて深々とお辞儀を返した。

大坂城内に運び込まれた大砲、種子島、弾薬といったものの大半は東庵が南蛮人より買い付け、持ち込んだものであった。また関ヶ原で浪々の身となった多くの武将やキリシタン浪人たちも、全登や東庵の呼び掛けに応じて勇んで大坂城に馳せ参じたのであった。

幸村は少々間を置いてから、言葉を続けた。

「城内にはまだ多くのキリシタンやパードレたちも残っておる。儂らのような武将であれば、城を枕に討ち死にするのも本望であろうが、キリシタンはそのような死に方を望んではおるまい。」

幸村の言葉を受けて、全登が口を開いた。

「私もパードレやキリシタンは城を出るのが良策と考えておる。キリシタンが義のためにここで死を選ぶということは、神は決して望むまい。己が信ずるもののために生き抜くことこそが神の思し召しであろう。」

「儂も同感じゃ。東庵殿や伴天連の神父たち、そして城中にいる全てのキリシタンは、ここで討ち死にしてはならんのじゃ。生き抜いて、徳川の禁令下を必死に生き抜いて、その信仰の種を蒔き続けることこそが、キリシタンの使命であろう。」

東庵が重い口を開いた。

「私は秀頼様のためにここに参りました。秀頼様は太閤殿下とは異なり、キリシタンにも理解を示されてくださいました。家康がキリシタン禁制に踏み切ったのも、此度の戦で豊臣方を潰しにかかったのも、家康の宰相崇伝の仕業であると伺っております。この戦に勝利を収めれば、必ずやキリシタンが大手を振って暮らせる世が再来するでありましょう。我らはその可能性に賭けて大坂に馳せ参じたのでございます。幸村様をしてもその夢が叶わぬというのであれば、他のキリシタンの方々はともかく、私は今更徳川の世で生き存えようとは思いませぬ。」

東庵は自らの覚悟を吐露した。全登は少々手詰まりといった様子で幸村に視線を送った。

「東庵殿、儂のたっての願いを聞き届けてはくれまいか…。儂の父昌幸は四年前にこの世を去った。知っての通り、関ヶ原で三成殿に与したばかりに、父も私も高野山に流され、そこで浪々の身となった。兄の信之が罪の減免を求めても、家康は頑なに首を縦に振らなかったという。父は最期まで信州上田の城に帰れる日を夢見ていた。上州の岩櫃や沼田の城のことも、日々の話題にのぼらない日はなかった。」

上州沼田は、北は上越の国境の山々が聳え、南西の方角には赤城のすそ野が広がっている。かつて父昌幸の時代には、越後の上杉、甲斐の武田、小田原の北条といった群雄が覇を競った場所でもある。そんな中を、昌幸が命を賭して守り抜き、関ヶ原以降は兄信之がそれを受け継いできた地であった。

幸村は傍らにあった風呂敷包みを東庵の前に差し出した。そして黙ったままその藍色の包みを解き始めた。

それは長さ一尺ほどの刀剣であった。幸村は静かに鍔に手を掛け、それをゆっくりと引き抜いた。その手入れの行き届いた白刃は、まるで今し方、刀工によってこの世に生み出されたかのような、眩い光を放っていた。

「これは父昌幸が太閤殿下より賜ったもので、正真正銘の吉光じゃ。生前、太閤殿下は吉光を好んで蒐集されていたと伝え聞く。かの家康めも吉光を血眼になって探しているとの噂もある。このまま城が落ちれば、この刀も灰燼と化すか、或いは家康めの手に渡ってしまうこととなる。儂はこの刀を、父の形見として、何とか兄信之に伝えたいと考えておる。上州の沼田は兄信之が治める地。その沼田なれば、徳川の目も届かぬであろう。キリシタンの布教にも格好の地と思われる。」

幸村はそう言うと、再び両手をつき頭を下げた。

「どうか、どうかお手をお上げくださいませ。幸村様ご命令とあらば、私は喜んで沼田に参りましょう。勿論幸村様のご心意を汲んでのことにございますが…。」

東庵はそう言って上目遣いに幸村を見やった。それに答えるように、幸村は白い歯を見せた。

全登が言葉を続けた。

「それからもう一つ。幸村殿の息女阿梅《おうめ》様を一緒に連れ出してもらいたいのじゃ。幸村殿は自身の身内だけを助けることは固辞されたのだが、阿梅様はまだ十二歳になったばかりで、城と共に散ってしまうのは何とも忍びない。キリシタン宗門と同様、幸村殿の子孫が徳川の世に脈々と続いているなんて、何とも愉快ではあるまいか。」

「御意。」

幸村は東庵の手をしっかりと握りしめた。

「東庵殿も何としても生き抜いていただきたい。この先、家康がどのようにキリシタンを取り締まろうとも、人の心までは縛ることは出来まい。雲のように悠々と、風のように思うがままに、その教えを広められるが良い。東庵殿の蒔かれた種はあちらこちらで芽吹き、やがて実をつけて再び種を落とすであろう。」

こうして大坂城中にいるバテレン、キリシタンたちは二の丸に集められた。二の丸の地下には内堀の外側へと通じている抜け穴があり、東庵らはここを利用して武器や弾薬を城中へと運び込んでいたため、その道筋は熟知していたのである。

先の合戦の後、家康の指示によって内堀までもが埋め立てられたが、この間道だけは徳川方に知られることなく残ったのであった。

「城外では伊達政宗公の忠臣、片倉重長殿が控えている手筈となっている。敵将ではあるが、幸村殿の申し出を快諾してくだされた。〈鬼の小十郎〉と称されてはいるが、義に厚いお方ということで、安心してその指示に従われるがよかろう。」

全登が東庵に言った。

「兄に息災であるよう申し伝えてくだされ！」

幸村は遠くを見つめながら、穏やかな笑みを浮かべていた。

終　章

満里たちが江戸を離れて間もなく、渡辺綱貞に処分が下った。越後騒動における役儀曲事との理由により改易、そして八丈島への遠島と決まったのである。将軍綱吉自らが裁いたとのことであった。下馬将軍とうたわれた老中酒井忠清の腹心の者には悉く厳しい処分が下ったのであった。その後、綱貞は抗議の断食により自害したとも伝えられている。

そして真田伊賀守もまた、両国橋における御用材遅延と藩政不行届との理由により改易と決まったのである。

何れにせよ、真田伊賀守自身もまた、酒井忠清の甥に当たるため、綱吉自身に強く疎まれていたということでもあった。

満里たちが沼田に帰り着くと、城下の様子は一変していた。

それまで山に追い立てられていた百姓たちが田畑に戻り、遅れがちであった稲の刈り取りを急いでいた。久しぶりに里に戻った男たちも、留守を守っていた女たちも、子供も年寄りも、誰の顔にも笑顔が見られた。

そして真田家の家中の者たちは、慌ただしく荷造りに追われていた。

藩主伊賀守は山形藩奥平家に、長男の信音《のぶおと》は赤穂藩浅野家にお預けとなった。藩士の中には本家の松代藩真田家を頼った者もいたが、大部分は浪々の身となった。

高野新兵衛は間もなく猿ヶ京の関所番として召し抱えられることとなった。

一方、伊達家の片倉重長によって保護された真田幸村の息女阿梅は、その後正妻の死去に伴って継室となり、この阿梅を頼った幸村の次男守信も重長の家臣として迎えられ、やがて仙台藩の白石で片倉姓を名乗るが、幕末にその八代目の子孫で真田姓に復することとなる。

＊

沼田城下から北西の方角に戸神山という小高い山があった。

沼田城のある台地から望むときれいな三角形に見えるので、地元の人々は親しみを込めて三角山と呼んでいた。

遠方からでは周囲の山々の高さに埋もれてしまうが、近づくにつれ、その屹立する威容に圧倒される。古来より神の宿る山として信仰を集めていたが、虚空蔵山の別称もあり、山麓には虚空蔵神社や天台宗の寺院などもあった。

ここは戦国の頃より金山としても採掘され、その南面にはいくつもの坑道が口を開けていた。徳川の時代になると天領の指定を受け、採掘された金は江戸に直送されたが、その管理は沼田藩に委ねられ、近在の農民たちが坑夫として集められた。

東庵もまたそのような技術者の一人として迎え入れられたのであろう。

沼田の城下では数年振りに秋祭りがおこなわれた。

御輿が城下を練り歩き、山車【沼田地方では万灯（まんど）という】が通りに繰り出した。

祭りの夜、満里の仲間たち、沼田のキリシタンたちは、戸神山の麓に寄り合い、それぞれの手に松明を持って山道を進んだ。道は螺旋状に山頂と続き、木々の間から揺らめく炎が、幾重にも戸神山を取り囲んだ。

満里は行列の先頭に立ち、ゆっくりと頂をめざした。

かつて父東庵がそうしたように、オラショを唱えながら、信者たちの前を進んだ。

伊右衛門はそんな満里をただただ見守っていた。

神々しいまでに光輝く満里に導かれながら、信者たちのオラショがそれに続く。長い間迫害され、人目を忍んでいた人々が解放され、高らかにオラショを唱えた。その隊列の中に、高野新兵衛の姿もあった。その声は風に乗り、周囲の山々に木霊した。

満里は久しぶりに父の存在を感じていた。

父の顔は朧気な輪郭しか思い起こすことは出来なかったが、それでも父の大きな手の温もりや暖かな声の響きなどを、ごく身近な気配として感じたのである。

満里は戸神山の頂へと続く道を一歩一歩踏みしめながら、あの頃何度も聞いた父の言葉を思い返していた。

『南の方角にあるのは赤城山だ。江戸はあの向こう側にある。南西の方角には、ほれ、子持山も見える。その遙か彼方には浅間山も見えるぞ。西には三峰山がこんなに間近に迫っておる。北の山は解るかな？武尊山じゃ。』

東庵は腰を屈めながら、幼い満里の視界に入るように一つ一つ指差しながら教えてくれた。満里はその時の記憶を鮮明に思い出していたのである。

『こうして両手を広げて、目を瞑ってみなさい。』

満里は言われるままに両手を一杯に広げて、両目を固く閉じた。

『どうじゃ。何か聞こえるか?』

幼い満里は一生懸命に耳を澄ましてみる。満里の耳には風の音以外何も聞こえなかった。

『風の声が聞こえるじゃろう?』

「風のこえ?」満里が怪訝そうな顔で尋ねる。

『そうじゃ。風の声じゃ。我らキリシタンの世界では「父なる神」のみが神とされておるが、この頂に立って耳を澄ますと、風の音が「神々」の囁きのように聞こえてくるから不思議じゃ。』

「私には風の音にしか聞こえません。」

あの時、満里はそんな風に答えたことを思い出していた。

紅葉の季節も過ぎ、一歩一歩確かめるように落ち葉を踏みしめながら登った。その一歩一歩はまるで信仰のように、これまでの満里の人生に関わった人々の、容貌やら言葉の一つ一つと重なった。それは父や母、姉、そして江戸で出会ったパードレ、渡辺大隅守綱貞、その他諸々の人々たちであった。

やがて東の空がゆっくりと白み始め、道は急に険しくなり、岩肌が続くようになった。伊右衛門が先に立って進み、時折、満里の手を取って引き上げた。最初はためらいがちであったが、いつしか満里の方から進んで手を差し出していた。

（了）

風は思いのままに吹く
あなたはその音を聞いても
それがどこから来て
どこへ行くのかを知らない
霊から生まれた者も
皆そのとおりである

（ヨハネによる福音書三章八節）

あとがき

二〇一八年六月、「長崎と天草地方の潜伏キリシタン関連遺産」が世界遺産に登録され、日本のキリシタン迫害の歴史が世界中から注目を浴びることとなった。

江戸時代、関東におけるキリシタン布教の拠点の一つが群馬県北部に位置する利根・沼田地方にあったということは、意外と知られていない。

戦前、この地方のキリシタンについて言及していたのは、明治時代に来日したフランス人外交官レオン・パジェス（一八一四～一八八六）の記した『日本切支丹宗門史』（一九三八年、吉田小五郎により翻訳）、そして江戸幕府がキリシタン探索の結果を記した『吉利支丹出申国所之覚』（一六五八年）等、二、三の史料に限られていた。

パジェスの『日本切支丹宗門史』には次のように記されている。

「これまでに宣教師たちが一切入ったことのない上野《コーズケ》で、フェルナンデス神父は、天使の如き待遇を受け、城下町の沼田に、十三日間逗留した。信者達は、雨のために客が滞在してくれればいいと祈っていたが、果たして彼の滞在は延期された。」

また『吉利支丹出申国所之覚』は、初代宗門改役となった井上筑後守政重が、明暦四（一六五八）年に全国にキリシタンの探索を命じたもので、その中で沼田については次のように記されている。

「真田伊賀守領分、沼田より宗門多く出し申し候、東庵と申すイルマン同然の宗門御座候」

ここで沼田に〈東庵〉なる人物がいたということが指摘されているが、イルマンとはキリシタン用語で、「神弟」「兄弟」を意味し、一般には司祭に叙階されていない修道士を指し、パードレを補佐する役職とされている。

戦後、昭和三十三（一九五八）年八月、川場村で村史の編纂中に、門前の区有文書の中に、元禄十六（一七〇三）年の『古切支丹類族死失存命帳』が発見された。

この類族帳の発見に私の父が深く関わっていたことを、一九八〇年代、私は大学生になって『上州近世史の諸問題』（山田武麿著）を読んで初めて知ることとなる。

これが私がキリシタンに興味を持つ大きな契機となったのである。

幕府によって作成を命じられた類族帳には、キリシタンである本人を含めて男は七代、女は四代まで「類族」としてその経歴が記され、長い年月、厳しい監視下に置かれたのであった。

この史料の発見により、長い間謎の人物とされた「東庵」が実在し、その娘である〈おま〉と〈満里〉という姉妹の存在も明らかとなった。

東庵は十数年の間、利根・沼田地方で布教をおこなった後、忽然と姿を消してしまった。そして東庵失踪の十数年の後、なぜか幕府より東庵探索令が出され、おまと満里の両名は沼田城下の牢獄に幽閉され、二十九年もの間、そこで過ごすことを余儀なくされたのである。

やがて二人は江戸に召喚され、大目付（兼宗門改役）の渡辺大隅守の吟味を受け、晴れて自由の身となり、帰郷が許されることとなった（おまは数年後に死去）。

私が最も興味を抱いたのは、満里自身の後半生が沼田藩の改易の時期と重なるという点であった。つまり満里自身が、いわゆる「茂左衛門一揆」に起因するとされる沼田藩改易そのものを目の当たりにしているということである。

一般には茂左衛門の直訴により、藩主であった真田伊賀守の悪政が明るみとなり、徳川綱吉によって改易を申し渡されたとされているが、幕府側の史料では、江戸両国橋の架け替えのための木材を沼田藩が請け負い、二度にわたる遅延があったことが、直接の原因とされている。

ここ十数年の間、私は〈東庵〉の素性をあれこれと調べたが、沼田に来る以前、そして沼田を立ち去った後の手がかりは全く得られなかった。その過程で、豊臣秀吉の時代、長崎奉行を務めた村山等安なる人物に興味を抱き、その次男であるフランシスコ東庵という司祭に強く惹かれたのである。

同時に遠藤周作氏の『沈黙』の主人公ロドリゴが、実在する宣教師ジュゼッペ・キアラであり、おまと満里が江戸に召喚された時にも、キリシタン屋敷に幽閉されていたことを知った。当然のことながら、宗門改役の渡辺大隅守とも対面を果たしていたことは間違いないと思われる。

現在、キリシタン屋敷（文京区小日向）の跡地には「都旧跡　キリシタン屋敷跡」という石碑が残されている。

私が、東庵、そして二人の姉妹をいつの日にか世に送り出したいと考えてから十数年の歳月が流れた。

令和三年三月、父が九十一歳の生涯を閉じた。

亡くなる直前、入院中（新型コロナウイルスの影響で面会できず）の父に小説の草稿を届けたところ、父はとても喜んでくれた。できれば父の存命中に出版したかったという悔いは残るが、こうして小説として世に送り出せたことを、改めて父に感謝したい。

本稿の出版にあたり、細かな校正作業等を手際良く進めていただいた上毛新聞社出版部の皆様、そして煩雑な出版手続きや様々なアドバイスを頂いた石倉実奈さんに心より感謝申し上げたい。

本稿を読まれた方々が、利根・沼田地方のキリシタン、特に東庵に興味を持たれ、いつの日にかその素性を明らかにしてくれることを大いに期待したい。

令和三年十月吉日

谷　しせい

西暦（年号）	日本の主な出来事	沼田の主な出来事
・一五四九年（天文十八）	・フランシスコ・ザビエルが来日	
・一五八〇年（天正八）		・真田昌幸、沼田城を攻略
・一五八二年（天正十）	・天正遣欧少年使節が派遣される ・織田信長、武田氏を滅ぼす ・本能寺の変がおこる	・上野は滝川一益の支配下におかれる ※真田昌幸沼田城を奪取
・一五八七年（天正十五）	・豊臣秀吉、バテレン追放令を出す	
・一五八九年（天正十七）	・秀吉、沼田領問題を裁定	・沼田城は北条氏配下の猪俣邦憲へ、名胡桃城は昌幸に安堵 ・猪俣邦憲、名胡桃城を奪取 ※昌幸はこれを秀吉に訴える
・一五九〇年（天正十八）	・天正遣欧少年使節が帰国する ・小田原征伐（北条氏滅亡）	・沼田城は昌幸の長子信之が相続、昌幸は上田城へ
・一五九六年（文禄五）	・サン＝フェリペ号事件がおこる	
・一五九七年（慶長二）	・二十六聖人の殉教	
・一六〇〇年（慶長五）	・関ヶ原の戦いがおこる	・真田昌幸／幸村は石田三成（西軍）、信之は徳川家康（東軍）に属する ※昌幸／幸村は高野山に配流となる
・一六〇三年（慶長八）	・家康、征夷大将軍となる	
・一六〇五年（慶長十）	・徳川秀忠、征夷大将軍となる	

西暦（年号）	日本の主な出来事	沼田の主な出来事
・一六〇六年（慶長十一）		※この頃、沼田城天守閣（五層）が完成
・一六一一年（慶長十六）		・真田昌幸、紀州九度山で没する（六十四歳）
・一六一二年（慶長十七）	・家康、天領に禁教令を出す	
・一六一三年（慶長十八）	・家康、全国に禁教令を出す ・伊達政宗、支倉常長を欧州に派遣（慶長遣欧使節）	
・一六一四年（慶長十九）	・宣教師・キリシタンの国外追放 ※高山右近、マカオに追放される ・大坂冬の陣おこる	
・一六一五年（慶長二〇）	・大坂夏の陣おこる ※真田幸村、敗死（四十九歳）	
・一六一六年（元和二）	・家康、死去（七十三歳）	・信之、上田城に移り、長子信吉が沼田城主となる ※この頃の沼田は独立した藩ではなく、上田藩の分領（分地）
・一六一七年（元和三）	・日光東照社竣工 ※家康の遺骸、日光に改葬	
・一六一八年（元和四）		・東庵、川場村に来住
・一六一九年（元和五）	・村山等安、江戸で処刑	

・一六二〇年（元和六）	・支倉常長が帰国	・小松姫死去（四十八歳） ・フェルナンデス神父、川場へ ※十三日逗留後、信濃・越後を経て金沢へ
・一六二二年（元和八）	・元和の大殉教 ※長崎でキリスト教徒五十五名が処刑される	・信之、上田より松代に移封
・一六二三年（元和九）	・徳川家光、将軍となる ・イギリス、平戸の商館を閉鎖	
・一六二四年（寛永元）	・スペイン船の来航禁止	
・一六二九年（寛永六）	・この年、長崎で絵踏み始まる	
・一六三〇年（寛永七）	・キリスト教関係書籍輸入禁止	・東庵、川場村を去る
・一六三三年（寛永十）	・奉書船以外の海外渡航禁止	
・一六三四年（寛永十一）		・真田信吉死去（四十二歳）
・一六三五年（寛永十二）	・日本人の海外渡航、帰国全面禁止 ※この年、寺請制度広がる	・真田熊之助（四歳）、沼田相続
・一六三七年（寛永十四）	・島原の乱（～一六三八年）	
・一六三八年（寛永十五）		
・一六三九年（寛永十六）	・ポルトガル船の来航禁止	・信之の次男信政、沼田を相続
・一六四〇年（寛永十七）	・宗門改役をおく ※初代宗門改役に井上政重が就任	

西暦（年号）	日本の主な出来事	沼田の主な出来事
・一六四一年（寛永十八）	・オランダ商館を出島に移す ※幕府、キリシタン探索命じる	
・一六四三年（寛永二十）	・ジュゼッペ・キアラ、筑前で捕縛 ※長崎、江戸に移送	
・一六四四年（寛永二十一／正保元年）		・幕府より東庵探索令出される
・一六五一年（慶安四）	・家光死去 ※家綱、将軍就任	
・一六五二年（承応元）		・四か村用水が完成する
・一六五三年（承応二）	・酒井忠清、老中となる	
・一六五四年（承応三）	・バテレン訴人に報奨金（高札）	
・一六五六年（明暦二）		・上野緑野郡でキリシタン捕縛 ※金子茂左衛門（沼田出身）
・一六五七年（明暦三）	・明暦の大火 ※江戸城天守閣焼失 ・大村領内でキリシタン大量検挙	・信之の隠居により信政が松代藩主となる ※信利が沼田城主となる
・一六五八年（明暦四／万治元）		・信政の死去により松代藩でお家騒動がおこる

		※松代藩主は幸道（二歳） ※沼田城の信利が独立して沼田藩をおこす ・信之死去（九十三歳）
・一六五九年（万治二）	・この頃、江戸両国橋完成	
・一六六〇年（万治三）	・幕府、キリシタンの妻子等釈放	
・一六六一年（寛文元）	・渡辺綱貞、江戸南町奉行となる ・井上政重死去	
・一六六二年（寛文二）		・信利による拡大検地 ※沼田藩三万石を十四万四千石とする
・一六六四年（寛文四）	・諸藩に宗門改役の設置命じる	
・一六六五年（寛文五）	・諸藩に宗門改帳の作成を命じる	
・一六六六年（寛文六）	・酒井忠清、大老に就任	・拡大検地による年貢徴収はじまる
・一六七三年（寛文十三／延宝元）	・渡辺綱貞、大目付（兼宗門改）となる	・真田信利、江戸屋敷改築
・一六七五年（延宝三）	・浅野長矩（七歳）、播州赤穂藩主となる	
・一六八〇年（延宝八）	・徳川家綱没（五月） ・徳川綱吉、将軍となる（八月） ・江戸両国橋、台風で損壊（閏八月）	・この頃、全国的に飢饉が広がる

西暦（年号）	日本の主な出来事	沼田の主な出来事
一六八一年（延宝九／天和元）	・酒井忠清、大老を解任（十二月） ・越後騒動の再審 ・大目付渡辺綱貞改易（八丈島へ）	・信利、両国橋の木材を請け負う ・松井市兵衛の直訴（斬首） ・杉木茂左衛門の直訴 ・沼田藩改易（十一月） ※信利は山形藩奥平家へ、長男の信音は播州赤穂藩へ
一六八二年（天和二）	・江戸大火（八百屋お七火事）	・沼田城破却 ・茂左衛門、磔刑となる
一六八五年（貞享二）	・ジュゼッペ・キアラ病死	
一七一四年（正徳四）	・シドッチ（司祭）来日、捕縛	

表紙「聖母像」（親指のマリア）※シドッチの所持品
裏表紙（上）真田家の家紋「結び雁金」（平時）
（下）真田家の家紋「六文銭・六連銭」（戦時）

著者略歴

谷　しせい（本名：澁谷正章）

1960年　群馬県利根郡月夜野町（現みなかみ町）生まれ
1979年　群馬県立沼田高等学校卒業
1984年　新潟大学人文学部卒業
1988年　早稲田大学文学研究科（修士課程）修了
同 年　日本女子大学附属中学校非常勤講師
1989年より群馬県高等学校教諭
吾妻高等学校・高崎北高等学校
高崎高等学校・渋川女子高等学校
高崎女子高等学校（2021年退職）

風はいずこへ

発行日　2021 年 10 月 27 日

著　者　谷　しせい

発　行　上毛新聞社デジタルビジネス局出版部
〒 371-8666
群馬県前橋市古市町 1-50-21
TEL 027-254-9966